KB019143

원본

백석
시집

이숭원 주해
이지나 편

깊은샘

이것은 靑年詩人이고

雜誌 女性編輯者

미스터 白石의

프로필이다、

미스터 白石은 밝루

내 오른쪽 옆프에서

深刻한 表情으로

寫眞을 보리기도하고

와리쓰게도하고있었다、그래서 나는 밤낫

미스터 白石의 深刻한 프로필만 보게펀다

미스터 白石의 프로필은 關微와갓미 바름답다

미스터 白石은 西班牙사람도갓고 필림민사람도갓다

미스터 白石도 필림픈 女子를 조와하는것갓다

미스터 白石에게 西班牙闇牛의옷을 입으며면

꼭어울일것이라고생각한다 以下略…

喜雄

머리말

3년 전 『원본 정지용 시집』 주해본을 내고 많은 사람들로부터 격려의 말을 들었다. 얼핏 보면 원본 시집 영인본에 주를 단 것 같지만, 사실은 정지용 시 연구 20년의 세월이 축적된 결과였다. 원본에 주석을 다는 작업은 단순하게 사전과 씨름해서 되는 일이 아니라 해당 시인의 시세계에 대한 깊은 이해가 선행되었을 때 이루어지는 일이기 때문이다. 그 후속 작업으로 백석 시 원본에 주석을 단 책을 내게 되어 기쁘기 한량없다.

내가 백석의 시를 처음 대한 것은 김윤식, 김현 공저의 『한국문학사』(민음사, 1973)를 통해서였다. 1930년대 중요 시인의 한 사람으로 백석 시의 특징을 요약 설명한 다음 「남신의주 유동 박시봉방」을 전문 인용하고 한국시의 절창의 하나라고 평가하였다. 당시 백석이라는 시인의 이름은 나에게 생소했다. 그는 소위 재북시인으로 규정되어 작품의 공개가 아직 자유롭지 않은 상태에 있었기 때문이다. 그러나 그 생소한 이름이 매력 있는 이름으로 다가오게 되는 데에는 그리 오랜 시간이 걸리지 않았다. 나는 백석 시의 낯선 문맥에 이질감을 느끼면서도 묘한 매력을 느끼며 백석 시에 젖어들어 갔다. 대학원에 들어와 정지용의 시와 백석의 시를 집중적으로 읽으며 석사논문을 준비하였는데, 백석의 시에 나오는 낯선 시어와 민속적 제재를 제대로 소화할 수 없었기 때문에 석사논문은 정지용으로 방향을 잡고 작업을 진행하였다.

그 이후 지금까지 백석 시에 대한 논문을 지속적으로 발표하면서 백석의 시어에 대한 전반적인 정리를 해야 할 필요성을 여러 번 느꼈다. 이 과제는 언젠가는 풀고 넘어가야 할 내 삶의 중요한 화두로 남아 있었다. 백석에 대해 많은 논문이 발표되고 다양한 해석이 시도되는 것을 보면서 나는 백석 시 원본에 주석을 다는 작업을 서둘러야겠다는 생각이 들었다. 공부하는 사람들에게 자료를 찾아다니는 번거로움을 덜어주고 시어 해석에 들이는 시간을 줄여준다면 더욱 충실한 백석 시 연구가 나오지 않을까 하는 생각이 든 것이다.

그런데 백석의 경우는 정지용과 사정이 달랐다. 정지용은 시집 두 권에 대부분의 작품이 수록되어 있고 시집에 수록되지 않은 작품이 소수여서 원본을 스캔하여 편집하는 데 어려움이 적었다. 그러나 백석은 시집 『사슴』에 수록되지 않은 발표본이 훨씬 더 많은 분량을 차지한다. 더군다나 그 발표본은 여러 신문, 잡지에 퍼져 있어서 지면 형식과 인쇄 상태가 각양각색이다. 그러니 한 권의 책으로 엮어냈을 때 형식면에서 상당한 무리가 따를 것으로 생각되었다. 그

뿐 아니라 백석 시의 난해 시어를 제대로 주석해 낼 수 있는가도 문제였다.

이러한 망설임에 자극을 주어 이 작업을 수행토록 이끈 사람은 바로 두 사람, 나의 서울여대 제자 이지나 박사와 깊은샘 출판사 박현숙 사장이다. 이지나 박사는 각 도서관에 흩어져 있는 발표본을 두 번 세 번 복사하여 가장 정제된 상태로 복원해 냈으며, 박현숙 사장은 고급 스캔 작업을 통하여 복사본의 크기를 조정하고 잡티와 얼룩을 지워내는 일을 하여 어느 정도 읽을 수 있는 원본 백석 시집을 만들어낸 것이다. 이지나 박사는 내 지도로 백석 시 판본 전체를 비교하고 시어의 의미를 검토하는 원전비평적 연구를 훌륭히 수행하였다. 나는 이동순, 송준, 고형진, 박태일 등 선행 연구자의 해석과 이지나 박사의 시어 해석을 바탕으로 다른 여러 문헌을 비교 검토하여 최종적으로 주석을 완성하였다. 따라서 이 책에 제시된 주해의 모든 책임은 나에게 있음을 밝힌다. 시어 해석이 서로 다르게 나타나는 경우에는 단어 자체의 의미보다는 문맥을 우선으로 하여 가장 합당한 뜻을 취하였고 다른 책에는 없는 나만의 독특한 해석을 제시하기도 하였다.

이 책은 시집 『사슴』 이전의 발표작과 시집 『사슴』 게재작, 『사슴』 이후의 발표작을 발표 시기 순으로 배열하여 전부 수록하였다. 시집 출간 이전의 발표작이 대부분 시집에 수록되었지만, 원본 표기상의 차이가 있기 때문에 각 작품을 다 제시하였다. 『사슴』 이후의 발표작은 「남신의주 유동 박시봉방」까지만 수록하였다. 북쪽에서 발표한 시는 내가 아는 백석 시의 원질을 많이 흐려놓은 것이고,

군이 원본 형식으로 제시하지 않아도 얼마든지 접할 수 있기 때문에 수록하지 않았다. 또 잡지에 실린 짧은 산문 중 시 형식에 가까운 것은 다 수록하였다. 그러나 만선일보에 한얼생이란 필명으로 발표된 네 편의 작품과 최근 발견된 「병아리싸움」은 백석의 작품이라는 확신이 서지 않아 수록하지 않았다. 각 작품에는 발표본 서지를 밝혔고 『사슴』 수록본의 경우는 원본의 쪽수도 그대로 제시하였다. 각 지면 상단에 있는 쪽수는 책 전체의 쪽수이며 아래에 있는 것은 시집 『사슴』의 쪽수다.

　이 책이 백석 시를 공부하는 사람들에게 많은 도움이 되기를 빌며 백석 시에 조금 더 친숙하게 다가가는 계기가 되기를 바라는 마음 간절하다. 이렇게 책이 출간될 수 있도록 기본 자료를 만들어 준 이지나 박사에게 감사하며, 번거로운 일을 마다하지 않고 정성껏 책을 꾸며준 박현숙 사장에게 다시 한 번 감사드린다.

2006년 5월 9일

이 숭 원

차례

사슴

시집 「사슴」 이후 발표작

백석시의 개작 양상과 원본 오류의 수정 · 213

시집 『사슴』 이전 발표작

......定州城......(詩)

白石

山턱 원두막은 뷔엇나 불비치외롭다
헌겁심지에 아즈까리 기름의
쪼 - 는 소리가 들리는듯하다

잠자리 조을든 문허진城터
반디불이난다 파 란魂들갓다
어데서 말있는듯이 크다란 山새 한머리가
어둑운 꽃챙이로 난다

헐리다 남은城門이
한을빗가티 훤 하다
날이밝으면 또 메기수염의늙은이가
청배를팔러 올것이다

(八月二十四日)

「定州城」
*『조선일보』1935년 8월 31일에 발표. '八月二十四日' 이라고 창작 시점 표기.
  시집『사슴』'국수당넘어' 부에 재수록.

山地

白　石

갑부던갈은　藥水터의山거리
旅人宿이　다래나무지팽이와같이　많다

시내人물이　버러지소리를하며　흐르고
대낮이라도　山몃에서는
승냥이가　개울불　흐르듯　운다

소와말은　도로　山으로　몰아갔다
염소만이　아직　된비가오면　山개울이놓인다리를건너　人家근처로　뛰여
온다

버럭락의　어두운　그늘에　아츰이면
부헝이가　무거웁게　날러온다
낮이되면　더무거웁게　날러가버린다

山넘어수ㅈㅈ몽서　나무챙치차고　차리신신고　山비에촉촉이　젓어서　藥물을

「山地」
* 『조광』 1권 1호(1935.11)에 발표.
　시집 『사슴』 '국수당넘어' 부에 「三防」으로 개작 후 수록.
1. 욹다 – '운다' 의 뜻에 해당하는 백석의 독특한 시어.

밭으려오는 山아이도있다

아비가 앓른가부다
다 태먹고 앓른가부다

아래ㅅ마을에서는 애기무당이 작두를타며 굿을하는때가 많다

酒幕

호박닢에싸오는 붕어곰은 언제나 맛있었다

부엌에는 떩앟게질들은 八모알상이 그상웅엔 새파란차리를그린 눈알만
한 盞이 뵈였다

아들아이는 범이라고 장고기를 잘잡는 앞니가빠진 나와동갑이었다

울파주밖에는 장군들을따러와서 엄지의젖을빠는 망아지도 있었다

비

아카시아들이 언제 힌두레방석을 깔었나

어디로부터 **몰**론 개비린내가온다

「酒幕」
* 『조광』 1권 1호(1935.11)에 발표.
  시집 『사슴』 '돌덜구의물' 부에 재수록.

「비」
* 『조광』 1권 1호(1935.11)에 발표.
  시집 『사슴』 '노루' 부에 재수록.

늙은갈대의獨白

靑汀의음가

해가진다

갈새는 얼마아니하야 잠이든다

물닭도 쉬이 어늬 ᄭᅩᆺ숡은 논드렁에서 둘아온다

바람이 마을우ᅀᅳ오면 그때 우리는 설게 ᄒᆡᆷ음의 이야기를펴다

보름밤이면

갈거이와함께 이 언덕에서 달보기를한다

江물과같이 歲月의노래를부른다

새우들이 마름잎새에 올라앉는 이때가 나는좋다

어늬處女가 내닢을따 갈부던을 결었노

어늬童子가 내닢을따 갈나발을 불었노

어늬기럭이 내순한닢을 입에다 물고갔노

아-어늬太公望이 내젊음을 낚어갔노

이몸의 매듭매듭

잃어진사랑의허물자국

별많은 어늬밤 江을날여간 강다리ㅅ배의 갈대피리

비오는어늬아침 나루ㅅ배나린길손의 갈대시ㅅ맹이

「늙은갈대의獨白」

* 『朝光』1권 1호(1935.11)에 발표. 白汀이라는 필명을 사용함.
1. 갈새 - 개개비. 갈대숲에 많이 서식하므로 갈새라고 부름.
2. 물닭 - 뜸부깃과의 새. 호수나 강가의 갈대 속에 사는데 아시아, 유럽 등지
   에 널리 분포한다.

汀 白……白

보다 버사랑이었다

해오라비조는곁에서

물뱀의새끼를업고 나는꿈을꾸었다

—— 벼름질로 물어오는낫이 나를다리려왔다

달구지라고 山골로 삿자리의 벼슬을갔다。

3. 갈거이 – 가을에 나오는 게를 의미하는 평안도 방언.
4. 갈부던 – 갈잎으로 엮어 만든 장신구. 「山地」, 「三防」 등에도 나오는 시어다.
5. 갈나발 – 갈잎으로 만든 나발.
6. 벼름질 – 일정한 비례에 맞추어 여러 몫으로 고르게 나누는 것을 벼름질이
   라고 한다. 갈대가 차례대로 낫에 베어지는 것을 표현한 것이다.
7. 삿자리 – 갈대를 엮어서 만든 자리.

新博物志

나와 지렝이

白石

내 지렝이는

커서 구렁이가 되었읍니다.

천년동안만 밤마다 흙에 물을주면

그흙이 지렝이가 되었읍니다.

장마지면 비와같이 하눌에서 날여

왔읍니다.

뒤에 붕어와 농다리의 미끼가 되

었읍니다.

내 리과책에서는 암컷과 숫컷이 있

어서 색기를 나헛읍니다.

지렝이의눈이 보고싶읍니다.

지렝이의 밥과집이 부럽읍니다.

「나와 지렝이」
*『조광』 1권 1호(1935.11)에 발표. '新博物志' 난에 따로 실림.

여우난곬族

白 石

명절날나는 엄매아배따라 우리집개는나를따라 진할마니진할아버지가있는큰집

으로가면

얼굴에 별자국이솜솜난 말수와같이눈도껌벅거리는 하로에베한필을뽑는다는 벌

하나 건너집엔 복숭아나무가많은 新里고무 고무의딸李女 작은李女

열여섯에 四十이넘은호라비의 후처가된 포족족하니성이잘나는 샅빛이매감탕

같은 입술과젖꼭지는더깜안 예수쟁이마을가까이사는 土山고무 고무의딸承

女 아들承동이

六十里라고해서 파랗게뵈이는산을넘어있다는 해변에서 과부가된 코끝이빩안

언제나힌옷이정하든 말끝에설게 눈물을짤때가많은 큰곬고무 고무의딸洪女

아들洪동이 작은洪동이

「여우난곬族」
*『조광』1권 2호(1935. 12)에 발표.
　시집 『사슴』 '얼룩소새끼의 영각' 부에 재수록.

배나무접을잘하는 주정을하면 토방돌을뽑는 오리치를잘놓는 먼섬에 한끼젓

닭을채러가기를좋아하는 삼촌 삼촌엄매 사춘누이 사춘동생들

이 그득히들 할마니할아바지가있는 안간에들몽여서 방안에서는 새옷의내음

새가나고

또 인절미 송구떡 콩가루차떡의내음새도나고 끼때의 두부와 콩나물과 볶

은잔디와 고사리와 도야지비계는 모두 선득선득하니 찬것들이다

저녁술을놓은아이들은 외양간섶 밭마당에달린 배나무동산에서

고양이잡이를하고 숨굴막질을하고 꼬리잡이를하고 가마타고시집가는노름 말

타고장가가는노름을하고 이렇게 밤이어둡도록 복적하니논다

밤이깊어가는집안엔 엄매는엄매들끼리 아르간에서들옷고 이야기하고 아이들

은 아이들끼리 웃간한방을잡고 조아질하고 쌈방이굴리고 바리깨돌림하고

호박떼기하고 제비손이구손이하고 이렇게 화디의사기방등에 심지를멫번이

나 돋구고 홍게닭이멫번이나울어서 조름이오면 아릇목싸움 자리싸움을하며

히드득거리다잠이든다. 그래서는 문창에 텅납새의그림자가치는아츰 시누이

동세들이 욱적하니 흥성거리는 부엌으론 샛문틈으로 장지문틈으로 무이

칭게국을끓리는 맛있는내음새가 올라오도록잔다.

統營

녯날엔 統制使가있었다는 낡은港口의 처녀들에겐 녯날이 가지않은 千姬라는

이름이많다

미역오리같이말라서 굴껍지처럼말없이사랑하다죽는다는

이千姬의하나를 나는어늬오랜客主집의 생선가시가있는마루방에서맞났다

쩌문六月의 바다가에선 조개도울어 쩌녁 소라방등이붉으레한풀에 김냄새나는

실비가날렸다

흰 밤

녯城의돌담에 달이올랐다

묵은초가집웅에 박이

또하나달같이 하이얗게빛난다

언젠가 마을에서 수절과부하나가 목을매여죽은밤도 이러한밤이었다

「統營」
*『조광』1권 2호(1935. 12)에 발표.
　시집『사슴』'국수당 넘어' 부에 재수록.

「흰밤」
*『조광』1권 2호(1935. 12)에 발표.
　시집『사슴』'돌덜구의 물' 부에 재수록.

古夜

白 石

아배는타관가서오지않고 山비탈외따른집에 엄매와나와단둘이서 누가죽이는듯이 무서운밤

집뒤로는 어느山골짝이에서 소를잡어먹는노나리군들이 도적놈들같이 쿵쿵거리며다닌다

날기멍석을펴간다는 닭보는할미를차굴린다는 땅아래 고래같은기와집에는 언제나니차떡

에 청밀에 은금보화가그득하다는 외발가진조마구 뒷山어느메도 조마구네나라가있어서 오

줌누러깨는재밤 머리스말의문살에대인유리창으로 조마구군병의 새깜안대가리 새깜안눈알이

드려다보는때 나는이불속에 자즈러붙어 숨도쉬지못한다

또 이러한밤같은때——시집갈처녀 망내고무가 고개넘어큰집으로 치장감을가지고와서 엄

매와들이 소기름에쌍심지의 불을밝히고 밤이들도록 바느질을하는밤같은때 나는아랫목의

삼귀를놓고 쇠든밤을내여 다람쥐처럼 밝어먹고 은행여름을인두불에 구어도먹고 그런다

「古夜」
*『조광』2권 1호(1936. 1)에 발표.
  시집『사슴』'얼럭소새끼의 영각' 부에 재수록.

는 이불웋에서 광대넘이를뒤이고 또농어굼며서 엄매에게 웅묵에두릅병풍의 새밝안천두의

이야기를 듣기도하고 고무더리는 밝는날 멀리눈콩난다는 뫼추라기산어달라고 졸으기도

하고

내일같이 명절날인밤은 부엌에쩨듯하니 불이밝고 솥뚜껑이놀으며 구수한내음새

곰국이무르끓고 방안에는 웃간집할머니도와서 마을의소문을펴며 조개송편에

달송편에 쪈두기송편에 떡을빚는곁에서 나는 밤소 팥소 설탕든콩

가루소를먹으며 설탕든콩가루소가 가장맛있다고 생각한다.

나는 얼마나반죽을 주물으며 히가투손이되어 떡을 빚고

싶은지 모른다

첫달에내빌날이들어서 내빌날밤에 눈이오면 이밤엔 쌔하

얀할미귀신의눈귀신도 내빌눈을받노라 못난다는말을 든든이여기며 엄매와나

는 앙궁웋에 떡돌웋에 곱새담웋에 함지에 버치며 대냥푼을놓고

리둣이 청한마음으로 내빌눈 약눈을 받는다 이눈세기물을 치성이나는 제

주병에 진상항아리에 채워두고는 해룹북혀가며 고불이와도 배앓어를해도 갑피

기를 앓어도 먹을물이다

시집 『사슴』

目 次

얼럭소새끼의영각

三

노

루

四

六

얼럭소새끼의 영각

가 즈 랑 집

승냥이가 새끼를 치는 전에는 쇠메듣 도적이 났다는

가즈랑고개

가즈랑집은 고개밑의

山넘어마을서 도야지를 잃는 밤 즘생을 쫓는

깽제미소리가 무서웁게 들려오는 집

닭개즘생을 못놓는

一

―――――――――――

「가즈랑집」

1. 쇠메듣 – 쇠로 만든 메를 든.

2. 깽제미 – 놋그릇, 꽹과리 등을 두드리는 것.

멧도야지와 이웃사춘을지나는 집

예순이넘은 아들없는가즈랑집할머니는 중같이
정해서 할머니가 마을을가면 긴담배대에
독하다는막써레기를 멫대라도 붗이라고하며

어느메山곬에선간 곰이 아이를본다는이야기
간밤엔 섬돌아테 숭냥이가왔었다는이야기

나는 돌나물김치에 백설기를먹으며
넷말의구신집에있는듯이

二

─────────────
3. 멧도야지와 이웃사춘을지나는 – 멧돼지와 이웃사촌처럼 지내는. 멧돼지 같은
   야생동물이 자주 나타나 마치 이웃처럼 지낼 정도라고 재미있게 표현한 말이
   다.
4. 막써레기 – 거칠게 막 썬 담뱃잎.
5. 섬돌 – 섬돌. 집채의 앞뒤에 오르내릴 수 있게 놓은 돌층계.
6. 어느메 – 어디의 방언. 「古夜」, 「伊豆國湊街道」에도 나오는 시어다.
7. 넷말의 – 옛날 이야기에 나오는.

가즈랑집할머니

내가날때 축은누이도날때

무명필에 이름을써서 백지달어서 구신간시령

외 당즈깨에넣어 대감님께 수영을들였다는

가즈랑집할머니

언제나병을앓을때면

신장님달련이라고하는 가즈랑집할머니

구신의딸이라고생각하면 슳버졌다

토끼도살이올은다는때 아르대즘퍼리에서

제비꼬리 마타리 쇠조지 가지취 고비 고

三

8. 구신간시렁 - 귀신을 모셔놓은 시렁.

9. 당즈깨 - 뚜껑 있는 바구니.

10. 수영을 들였다 - 수양(收養)을 들였다. 복을 비는 뜻에서 대감님을 아들 딸의 대리 부모로 정하는 것.

11. 신장님달련이라고하는 - 신장님이 몸과 마음을 굳세게 하기 위해 단련시키는 것이라고 생각하는.

12. 아르대즘퍼리 - 아래쪽 진펄(땅이 질어 질퍽한 벌).

13. 제비꼬리, 마타리, 쇠조지, 가지취, 회순 - 식용 산나물의 이름.

사러 두릅순 회순 山나물을하는 가즈랑집

할머니를딸으며

나는벌서 달디단물구지우럼 둥굴네우럼을

생각하고

아직멀은 도토리묵 도토리범벅까지도 그리워

한다

뛰우란 살구나무아메서 광살구를찾다가

살구벼락을맞고 울다가옷는나를보고

미끄명에 덜이멫자나났나보자고한것은 가즈랑

집할머니다

14. 물구지 – 무릇. 백합과에 속하는 다년초.
15. 광살구 – 익어서 저절로 떨어지게 된 살구.

찰북숭아를먹다가 씨를삼키고는 죽는것만같어

하로종일 놀지도못하고 밥도안먹은것도

가즈랑집에 마을을가서

당세먹은강아지같이 좋아라고집오래를 섫테다

가젔다

ㅍ

---

16. 당세 - 우리나라 전래 음식의 하나인 당수의 방언. 쌀, 좁쌀, 보리, 녹두 등의 곡식을 물에 불려서 간 가루나 마른 메밀가루에 술을 조금 넣고 물을 부어 미음같이 쑨 음식.
17. 집오래 - 집에서 가까운 부근, 집 주변.

여우난곬族

명절날나는 엄매아배따라 우리집개는 나들며따라
진할머니 진할아버지가있는 큰집으로가면

얼굴에별자국이솜솜난 말수와같이눈도껌벅걸이
는 하로에베한필을짠다는 벌하나건너집엔

六

「여우난곬族」

* 『조광』 1권 2호(1935. 12)에 발표한 것을 재수록. '진할마니 진할아바지'가 '진할머니 진할아버지'로, '고양이잡이'가 '쥐잡이'로 교체되고, 8연이 4연 으로 조정됨.
1. 진할머니, 진할아버지 – 친할머니, 친할아버지.
2. 얼굴에별자국이솜솜난 – 얼굴이 얽은.
3. 말수와같이눈도껌벅걸이는 – 말을 할 때마다 눈을 껌벅거리는.

복숭아나무가많은 新里고무 고무의딸李女

작은李女

열여섯에 四十이넘은홀아비의 후처가된 포족

족하니 성이잘나는 살빛이매감탕같은 입술

과 젓꼭지는더감안 예수쟁이마을가까이사는

土山고무 고무의딸承女 아들承동이

六十里라고해서 파랗게외이는山을넘어있다는

해변에서 과부가된 코끝이빩안 언제나힌옷

이정하든 말끝에설게 눈물을짤때가많은 큰

七

---

4. 포족족하니 – '뾰로통하니'와 유사한 말로 노여워하는 빛이 얼굴에 나타나
   는 것을 뜻함.
5. 매감탕 – 메주를 쑤어낸 솥에 남아있는 진한 갈색의 물.
6. 아를承동이 – '아들承동이'의 오자로 보인다.

갓고무 고무의딸洪女 아들洪동이작은洪동이

배나무접을잘하는 주정율하면 토방돌을뽑는 오

리치를잘놓는 먼섬에 반디젓닭으려가기를좋

아하는삼춘 삼춘엄매 사춘누이 사춘동생들

이그득히들 할머니할아버지가있는 안간에들뭉

여서 방안에서는 새옷의내음새가나고

도 인절미 송구떡 콩가루차떡의내음새도나고

끼때의두부와 콩나물과 뽑운잔디와고사리와

八

---

7. 오리치 - '올가미'의 방언. 짐승 잡는 덫을 말한다. 「오리망아지토끼」에도
   나오는 시어.
8. 반디젓 - 밴댕이 젓갈.
9. 삼춘엄매 - 숙모.
10. 송구떡 - 송기떡. 송기는 소나무의 속껍질로 쌀가루와 함께 섞어서 떡이나
    죽을 만들어 먹는다.
11. 차떡 - 찰떡.
12. 끼때 - 끼니때.

밤이깊어가는집안엔　엄매는엄매들끼리　아르간

논다

노름을하고　이렇게　밤이어둡도록　북적하니

하고　가마타고시집가는노름　말타고장가가는

쥐잡이를하고　숨굴막질을하고　꼬리잡이를

배나무동산에서

저녁술을놓은아이들은　외양간섶　밭마당에달린

도야지비게는모두　선득선득하니　찬것들이다

九

---

13. 저녁술을놓은 - 저녁 숟가락을 놓은, 저녁을 다 먹은.
14. 외양간섶 - 외양간옆. 섶은 옆의 방언.
15. 쥐잡이 - 손수건을 쥐 모양으로 접어서 그것을 돌려가며 노는 아이들의 유희.
16. 숨굴막질 - 숨바꼭질.
17. 꼬리잡이 - 두 편으로 나뉘어 앞 사람이 상대편의 꼬리를 잡으러 뛰어다니는 놀이.
18. 북적하니 - 한곳에 모여 조금 수선스럽게 움직이는 모양.

에서들웃고 이야기하고 아이들은 아이들끼
리 옹간한방을잡고 조아질하고 쌈방이굴러
고 바리깨돌림하고 호박떼기하고 제비손이
구손이하고 이렇게화디의사기방등에 심지를
멫번이나독구고 흥게닭이멫번이나울어서 조
름이오면 아룻목싸움 자리싸움을하며 히드
득거리다 잠이든다 그래서는 문창에 텅납
새의그림자가치는아츰 시누이동세들이 욱적
하니 흥성거리는 부엌으론 샛문흠으로 장

ㅎ

---

19. 조아질 - 공기놀이.
20. 쌈방이 - 주사위.
21. 바리깨 - 주발의 뚜껑.
22. 호박떼기 - 편을 나누어 서로를 잡고 있으면 한 편이 다른 편을 한 사람씩 떼어놓는 놀이.
23. 제비손이구손이 - 서로 마주 앉아 다리를 끼고 박자를 맞추며 노는 놀이.
24. 화디 - 등잔걸이의 평북 방언.
25. 사기방등 - 사기로 만든 등잔.
26. 흥게닭 - 홍계(紅鷄)에 닭이 붙어 형성된 말. 고유의 토종닭을 지칭하는 말이다.
27. 텅납새 - 처마의 안쪽 지붕이 도리에 얹힌 부분.

지문틈으로 무이징게국을 끄리는 맛있는 내음

새가 올라오도록 잔다

二

---

28. 무이징게국 – 삶은 무를 꼭 짜서 남겨 놓았다가 큰 잔치 때 다시 끓이는 국.

고 방

三

낡은질동이에는 갈 줄 모르는 늙은집난이같이
송구떡이 오래도록 남어있었다

오지항아리에는 삼춘이밥보다좋아하는 찹쌀탁
주가있어서
삼춘의임내를내어가며 나와사춘은 시큼털털한
술을 잘도채어먹었다

「고방」
1. 고방 – 광의 원말.
2. 질동이 – 질흙으로 빚어서 구워 만든 동이.
3. 집난이 – 출가한 딸을 친정에서 부르는 말.
4. 오지항아리 – 오짓물을 발라 만든 항아리.
5. 삼춘의임내를내어가며 – 삼촌의 흉내를 내며.

재사ㅅ날이면 귀먹어리할아버지가에서 왕밤을

밝고 싸리꼬치에 두부산적을께었다

손자아이들이 파리떼같이몽이면

곰의발같은손을 언제나 내어둘렀다

구석의나무말쿠지에 할아버지가삼는 소신같은

집신이 둑둑이걸리어도있었다

넷말이사는 컴컴한고방의쌀독뒤에서나는 저녁끼

때에붙으는 소리를 듣고도못듣은척하였다

二三

---

6. 밝고 – '바르고'의 방언으로 껍질을 벗겨 속에 들어 있는 알맹이를 집어낸다는 뜻이다.
7. 두부산적을께었다 – 두부로 만든 산적을 꿰었다.
8. 말쿠지 – 옷 따위를 걸기 위하여 벽에 박은 못.
9. 삼는 – 짚신이나 미투리 따위를 꼬아서 만드는.

모닥불

새끼오리도 헌신깍도 소똥도 갓신창도 개니
빠디도 너울쪽도 집검불도 가락닢도 머리
카락도 헌겁조각도 막대꼬치도 기와장도
닭의짖도 개털억도 타는 모닥불

재당도 초시도 門長늙은이도 더부살이아이도
새사위도 갓사둔도 나그네도 주인도 할아

一四

「모닥불」
1. 새끼오리 – 새끼올. 새끼줄
2. 갓신창 – 가죽으로 만든 신의 밑창.
3. 개니빠디 – 개의 이빨.
4. 너울쪽 – 널빤지쪽. 예전에 여자들이 나들이할 때 얼굴을 가리려고 쓰던 천도 '너울'이라 했지만, 여기서는 쓸모없는 사물의 나열이므로 널빤지로 본다.
5. 집검불 – 짚 찌끄러기의 뭉치.
6. 닭의짖 – 닭의 깃털.
7. 개터럭 – 개의 털.

버지도 손자도 붓장사도 땜쟁이도 큰개도

강아지도 모두 모닥불을 쪼인다

모닥불은 어려서 우리할아버지가 어미아비없는

서러운아이로 불상하니도 몽둥발이가된 슬

픈력사가있다

五

---

8. 재당 – 한 집안의 최고 어른에 대한 존칭.
9. 초시 – 과거의 첫 시험에 급제한 사람.
10. 門長 – 문중(門中)에서 항렬과 나이가 제일 위인 사람.
11. 더부살이 – 남의 집에서 먹고 자면서 일을 해 주는 사람.
12. 갓사둔 – 새 사돈.
13. 땜쟁이 – 땜장이. 땜질을 직업으로 하는 사람.
14. 몽둥발이 – 딸려 붙었던 것이 다 떨어지고 몸뚱이만 남은 것. 이 시에서는
    일가친척도 없는 외톨이 고아가 되었다는 사실을 의미한다.

古 夜

아배는 타관가서 오지않고 山비랄외 다른집에 엄

매와 나와 단둘이서 누가축이는듯이 무서운밤

집뒤로는 어늬山곬작이에서 소를잡어먹는 노

나리군들이 도적놈들같이 쿵쿵걸이며다닌다

날기멍석을 쩌간다는 닭보는 할미를차굴린다는

듯

「古夜」
* 『조광』 2권 1호(1936. 1)에 발표한 것을 재수록.
  "방안에는 일가집할머니도와서"라는 시구가 "방안에서는 일가집할머니가와
서"로 교체됨.
1. 타관 – 다른 지역.
2. 노나리군 – 소나 돼지를 훔쳐 밀도살하여 파는 사람.
3. 날기멍석 – 곡식을 널어 말리는 명석.

땅아래 고래같은 기와집에는 언제나 니차떡에

청밀에 은금보화가 그득하다는 외발가진 조마

구 뒷山어늬메도 조마구네나라가있어서 오

춤누러깨는재밤 머리맡의문살에대인유리창으

로 조마구군병의 새깜안대가리 새깜안눈알

이들여다보는때 나는이불속에자즐어붙어 숨

도쉬지못한다

또이러한밤같은때 시집갈처녀망내고무가 고개

七

4. 니차떡 – 찰떡.
5. 청밀 – 꿀.
6. 조마구 – 심술궂은 난쟁이 귀신.
7. 재밤 – 한밤중.
8. 자즐어붙어 – 자지러들다(몹시 놀라 몸이 주춤하면서 움츠러들다)에 해당하
는 말.

넘어큰집으로 치장감을가지고와서 엄매와둘

이 소기름에쌍심지의불을밝히고 밤이들도록

바느질을하는밤같은때 나는아룻목의삽귀를들

고 쇠든밤을내여 다람쥐처럼밝어먹고 은행

여름을 인두불에구어도먹고 그러다는이불옹

에서 광대넘이를뛰이고 또 눙어굴면서 엄

매에게 옹목에둘은평풍의 샛빨안천두의이야

기를듣기도하고 고무더러는 밝는날 멀리는

못난다는 외추라기를 잡어달라고졸으기도하고

六

---

9. 치장감 - (혼사에 쓰기 위해) 매만지고 꾸며야 할 물건들.
10. 삽귀 - 삿자리의 귀퉁이.
11. 쇠든밤 - 말라서 새들새들해진 밤.
12. 은행여름 - 은행나무의 열매. 은행.

내일같이 명절날인 밤은 부엌에 쩨듯하니 불이

밝고 솥뚜껑이 놀으며 구수한 내음새 곰국이

무르끓고 방안에서는 일가집 할머니가 와서

마을의 소문을 펴며 조개송편에 달송편에 죈

두기송편에 떡을 빚는 곁에서 나는 밥소 팥소

섧랑든 콩가루소를 먹으며 섧랑든 콩가루소가

장 맛있다고 생각한다

나는 얼마나 반죽을 주믈으며 힌가루손이 되여

一九

---

13. 쩨듯하니 – 비교적 환하게. 「외가집」에도 나오는 시어다..
14. 솥뚜껑이놀으며 – 솥 안의 내용물이 끓어 솥뚜껑이 움직이며.

떡을빚고싶은지모른다

섯달에 내빌날이드러서 내빌날밤에눈이오면

이밤엔 쌔하얀할미귀신의눈귀신도 내빌눈을

받노라못난다는말을 든든히녁이며 엄매와나

는 앙궁옹에 떡돌옹에 곱새담옹에 함지에

버치며 대냥푼을놓고 치성이나들이듯이 정

한마음으로 내빌눈약눈을받는다

이눈세기물을 내빌물이라고 제주병에 진상

三八

---

15. 내빌날 – 섣달 납일(臘日). 예전에, 민간이나 조정에서 조상이나 종묘 사직에 제사 지내던 날. 동지 뒤의 셋째 술일(戌日)에 지냈으나, 조선 태조 이후에는 동지 뒤 셋째 미일(未日)로 하였다.
16. 내빌눈 – 납일에 내린 눈. 이 눈을 받아 녹인 납설수(臘雪水)는 약용으로 썼다.
17. 할미귀신의눈귀신 – 눈 내리는 날 나타나 사람을 넘어뜨리는 하얗게 센 할미귀신.
18. 앙궁 – 아궁이

항아리에 채워두고는 해를 묵여가며 고뿔이

와도 배앓이를해도 갑피가를앓어도 먹을물

이다

三

---

19. 떡돌 – 떡을 칠 때에 안반 대신으로 쓰는 판판하고 넓적한 돌.
20. 곱새담 – ㅅ자형의 이엉을 얹은 담.
21. 함지 – 나무로 네모지게 짜서 만든 그릇.
22. 버치 – 자배기보다 조금 깊고 아가리가 벌어진 큰 그릇.
23. 대냥푼 – 큰 놋그릇.
23. 치성 – 신이나 부처에게 지성으로 빎.
23. 눈세기물 – 눈 삭은 물.
24. 제주병 – 제사에 쓸 술을 넣어두는 병.
25. 진상항아리 – 귀한 물건을 넣어두는 항아리.
26. 고뿔 – 감기.
27. 갑피기 – 이질 증세로 설사를 하며 배가 아픈 병.

오리 망아지 토끼

오리치를 놓으려 아배는 논으로 날여간지 오래다

오리는 동비탈에 그림자를 떨어트리며 날어가

고 나는 동말랭이에서 강아지처럼 아배를

불으며 울다가

시악이나서는 등뒤개울물에 아배의신짝과 버

선목과 대님오리를 모다 던저벌인다

三三

「오리망아지토끼」
1. 오리치 – 올가미의 방언. 「여우난곬族」에도 나오는 시어다.
2. 동비탈 – 동둑(크게 쌓은 둑) 비탈.
3. 동말랭이 – 동둑 마루.
4. 시악 – 자기의 악한 성미로 부리는 악. 심술.
5. 대님오리 – 대님의 끈.

장날아츰에 앞행길로 엄지딸어지나가는망아지

를내라고 나는 즐으면

아배는행길을향해서 크다란소리로

ㅣ매지야오나라

ㅣ매지야오나라

ㅣ매지야오나라

끝

---

6. 엄지 - 짐승의 어미. 백석의 「酒幕」, 「黃日」에도 나오는 시어다.
7. 매지 - 망아지.

새하려가는아배의지게에치워　나는山으로가며

토끼를잡으리라고생각한다

맞구멍난토끼굴을아배와내가막어서면　언제나

토끼새끼는　내다리아레로달어났다

나는　서글퍼서　서글퍼서　울상을한다

二四

8. 새하려가는 – 나무하러 가는.
9. 치워 – 지게 위에 얹혀.

돌
덜
구
의
물

初　冬　日

흙담벽에　볏이따사하니
아이들은　물코를홀리며　무감자를먹었다

돌덜구에　天上水가　차게
복숭아낡에　시라리타래가　말러갔다

三五

「初冬日」
1. 물코 – 물기가 많은 코.
2. 무감자 – 고구마.
3. 돌덜구 – 돌 절구.
4. 天上水 – 빗물.
5. 복숭아낡 – 복숭아 나무.
6. 시라리타래 – 시래기 뭉치.

夏畓

짝새가 발뿌리에서 날은 논드렁에서

아이들은 개구리의 뒤ㅅ다리를 구어먹었다

듯

「夏畓」
1. 발뿌리 – 발부리. 발끝.

개구멍을 쑤시다 물쿤하고 배암을 잡은 늪의

피갈은 물이끼에 해볕이 따그웠다

돌다리에 앉어 날버들치를 먹고 몸을 말리는 아이

늘은 물총새가 되었다

---

2. 물쿤 - 기분이 좋지 않게 물렁한 모양.
3. 배암 - 뱀.

酒幕

호박닢에 싸오는 붕어곰은 언제나 맛있었다

三

「酒幕」

* 『조광』 1권 1호(1935. 11)에 발표한 것을 재수록.

1. 붕어곰 - 원래 '곰'은 "고기나 생선을 진한 국물이 나오도록 푹 삶은 국"을 뜻한다. 그러나 여기서는 호박잎에 싸온다고 했으니 붕어찜을 뜻하는 것 같다.

부엌에는 빨갛게 질들은 八모알상이 그상용엔

샛파란 싸리를 그린 눈알만한 盞이 뇌였다

아들아이는 범이라고 장고기를 잘잡는 앞니가

뻐드러진 나와동갑이었다

울파주밖에는 장군들을 따러와서 엄지의젓을 빠

는 망아지도 있었다

二九

---

2. 질들은 – 길든. 오래 사용하여 반들반들한.
3. 八모알상 – 테두리가 팔각으로 만들어진 소반.
4. 장고기 – 몸의 길이가 긴 민물고기의 구어적 호칭인 것 같다.
6. 울파주 – 울바자(울타리로 쓰는 바자)의 방언.
7. 엄지 – 짐승의 어미. 「오리망아지토끼」, 「黃日」에도 나오는 시어임.

寂 境

신살구를 잘도먹드니 눈오는아츰
나어린안해¹는 첫아들을낳었다

영

「寂境」
1. 나어린안해 – 나이 어린 아내.

人家멀은山중에

까치는 베나무에서즞는다

컴컴한부엌에서는 늙은홀아버의시아부지가 미

억국을끄린다

그마음의 외딸은집에서도 산국을끄린다

二

---

2. 즞는다 - 짖는다.
3. 늙은홀아버 - '늙은홀아비'의 오자이다.
4. 그마음의 - '그마을의'의 오자이다.
5. 산국 - 아이를 낳은 후에 먹는 국, 미역국.

三

未明界

자즌닭이울어서 술국을끄리는듯한 鰍湯집의부
엌은 뜨수할것같이 불이뿌연히밝다

「未明界」
1. 자즌닭 – 새벽에 자주 우는 닭.
2. 뿌연히 – 뿌옇게.

초롱이 히근하니 물지게군이 우물로 가며

별 사이에 바라보는 그믐달은 눈물이 어리었다

행길에는 선장대여가는 장군들의 종이燈에 나

귀눈이 빛났다

어데서 서러웁게 木鐸을 뚜드리는 집이었다

를

---

3. 초롱 – 석유나 물 따위의 액체를 담는 데에 쓰는, 양철로 만든 통.
4. 히근하니 – 허옇게 보이는 상태로. 새벽이 되어 물초롱이 허옇게 모습을 드러내는 것을 표현한 것이다.
5. 선장대여가는 – 이른 시장에 때맞추어 가는.

城　外

어두어오는　城門밖의거리

도야지를몰고가는　사람이있다

엿방앞에 엿궤가없다

양철통을 쩔렁거리며 달구지는 거리끝에서

江原道로간다는길로든다

술집문창에 그느슥한그림자는 머리를얹혔다

룙

「城外」
1. 엿궤 – 엿목판. 엿을 담도록 만든 장방형의 널판상자.
2. 그느슥한 – 여위고 희미한.
3. 머리를얹혔다 – 피동형으로 쓰였지만 문창에 머리를 얹은 듯 기대어 쉬고
   있다는 뜻이다.

秋日山朝

아츰볕에 섭구슬이 한가로히 익는 곬작에서 꿩

은울어 山울림과 작난을 한다

山마루를 탄 사람들은 새ㅅ군들인가

파란한울에 떨어질 것같이

뜻

「秋日山朝」
1. 섭구슬 – 구슬댕댕이의 열매.
2. 새ㅅ군 – 나무꾼.

웃음소리가 더러 山밑까지들린다

巡禮중이 山을올라간다

어제人밤은 이山절에 齋가들었다

무리돌이굴어날이는건 중의발굼치에선가

三

---

3. 齋가들었다 – 명복을 빌기 위해 부처에게 드리는 공양이 있었다.
4. 무리돌 – 무릿돌. 여러 개의 돌.

曠 原

흙꽃니는 일은봄의 무연한벌을
輕便鐵道가 노새의맘을먹고지나간다

멀리 바다가뵈이는

三

「曠原」
1. 무연한 – 아득히 너른.
2. 輕便鐵道 – 차량이 작고 궤도가 좁은, 작은 규모의 철도.

假停車場도없는　벌판에서

車는머물고

졂은새악시둘이날인다

三九

---

3. 假停車場 - 임시로 만든 정거장.
4. 졂은새악시 - '젊은새악시'의 오자.
5. 날인다 - 내린다.

힌 밤

녯城의 돌담에 달이올랐다
묵은초가집웅에 박이
또하나달같이 하이얗게빛난다

언젠가마을에서 수절과부하나가 목을매여죽은
밤도 이러한밤이었다

땅

노

루

青柿

별 많은 밤
하누바람이 불어서
푸른 감이 떨어진다 개가 즞는다

四

「靑柿」
1. 하누바람 – 하늬바람, 서쪽에서 부는 바람. 주로 농촌이나 어촌에서 이르는
  말이다.
2. 즞는다 – 짖는다.

山

비

山뿌리에   비ㅅ방울이친다

멧비들기가닜다

나무동걸에서   자벌기가   고개를들었다   멧비들

기천을본다

四二

「山비」
1. 맷비들기 - 멧비둘기.
2. 닜다 - 일어난다의 뜻에 해당하는 백석의 독특한 시어.
3. 자벌기 - 자벌레.

쓸쓸한 길

기적장사하나 山뒤ㅅ녘비랄을 울은다

아ㅣ딸으는사람도없시 쓸쓸한 쓸쓸한길이다

山가마귀만 울며날고

도적개ㄴ가 개하나 어정어정따러간다

이스라치전이드나 머루전이드나

수리취 땅버들의 하이얀복이 서러웁다

뚜물같이흐린날 東風이설렌다

四

「쓸쓸한 길」

1. 거적장사 – 죽은 사람을 거적으로 둘러메고 지내는 장사.
2. 이스라치 – 산앵두. 열매가 앵두처럼 생겼지 앵두는 아니다. 사전에 '산이스랏' 이란 말이 등재되어 있다.
3. 이스라치전, 머루전 – 이스라치나 머루가 많이 모여 있는 곳.
4. 하이얀복 – 수리취와 땅버들의 하얀 솜털.
5. 뚜물 – 뜨물. 곡식을 씻어 내 부옇게 된 물.

柘榴

南方土 풀안돋은 양지귀가 본이다

해人비멎은 저녁의 노울먹고 싶다

太古에나서

仙人圖가 꿈이다

高山淨土에 山菜캐다오다

달빛은 異鄉

눈은 징기슥에 어우러진싸움

「柘榴」
1. 柘榴 – 석류. '石榴' 가 맞는 표기다.
2. 양지귀 – 양지 바른 귀퉁이.
3. 본이다 – 본고장이다.
4. 싶다 – '산다' 의 뜻에 해당하는 백석의 독특한 시어.

머 루 밤

불을끈방안에 횃대의하이얀옷이 멀리 추울것
같이

개方位로 말방울소리가 들려온다

門을열다 머루빛밤한울에

송이버슷의내음새가났다

뙤

「머루밤」
1. 횃대 – 옷을 걸 수 있게 만든 막대.
2. 열다 – '연다' 의 뜻에 해당하는 백석의 독특한 시어.
3. 송이버슷 – 송이버섯.

女 僧

女僧은 合掌하고 절을 했다

가지취의 내음새가 났다

쓸쓸한낯이 녯날같이 늙었다

나는 佛經처럼 섫어워졌다

平安道의 어늬 山깊은 금덤판

나는 파리한女人에게서 옥수수를샀다

哭

「女僧」
1. 금덤판 – 금점판, 금광의 일터.

女人은 나어린 딸아이를따리며 가을밤같이차게
울었다

섭벌같이 나아간지아비 기다려 十年이갔다

지아비는 돌아오지않고

어린딸은 도라지꽃이좋아 돌무덤으로갔다

山꿩도 섧게울은 슳븐날이있었다

山절의마당귀에 女人의머리오리가 눈물방울과
같이 떨어진날이있었다

띯

---

2. 섭벌 - 일벌. 나무나 풀숲에서 흔히 보는 벌.
3. 머리오리 - 머리올. 머리카락.

修羅

거미새끼 하나 방바닥에 날인것을 나는아모생
각없시 문밖으로 쓸어벌인다
차디찬밤이다

어니젠가 새끼거미쓸려나간곧에 큰거미가왔다

뽓

「修羅」

1. 修羅 – 불교의 육도(六道)의 하나로, 싸움을 잘하는 귀신이 모여 사는 곳, 혹은 그 귀신을 뜻함. 이 시에서 '수라'는 시적 화자가 대하는 현실적 상황이 무척 고통스럽다는 것을 나타낸다.
2. 어니젠가 – 어느 사이엔가.

나는 가슴이 짜릿한다

나는 또 큰 거미를 쓸어 문 밖으로 벌이며

찬 밖이라도 새끼 있는 데로 가라고 하며 섧어한
다

이렇게 해서 아린 가슴이 싹기도전이다

어미서 좁쌀알만한 알에서 가제깨인 듯한 발

이 채 서지도 못한 무척 적은 새끼거미가

이번엔 큰 거미 없어진 곳으로 와서 아물걸인다

나는 가슴이 메이는 듯하다

내 손에 올으기라도 하라고 나는 손을 내어미나

四九

---

3. 설어워한다 - 서러워한다.
4. 아린 - 쓰라린.
5. 싹기도전이다 - 삭기도 전이다. 마음이 풀어지기도 전이다.
6. 가제 - 갓, 방금, 막.

똥

분명히 울고불고할 이작은것은 나둘 무서
우이 달어나범이며 나둘서럽게한다
나는 이작은것을 곻이 보드러운종이에받어
또 문밖으로벌이며
이것의엄마와 누나나 형이 가까이이것의겨
정을하며있다가 쉬이 맞나기나했으면 좋으
렀만하고 슳버한다

---

7. 묳이- 곱게.
8. 쉬이 - 쉽게.
9. 슳버한다 - 슬퍼한다.

비

아카시아들이 언제 흰두레방석을 깔었나

어데서 물쿤 개비린내가 온다

끝

――――――――――

「비」
*『조광』 1권 1호(1935. 11)에 발표한 것을 재수록.
 '어데로부터'가 '어데서'로 교체.
1. 두레방석 – 짚이나 부들 따위로 둥글게 엮은 방석.
2. 물쿤 – 강한 냄새가 진하게 훅 끼쳐오는 모습.
3. 개비린내 – 비가 내릴 때 흔히 나는 비릿한 냄새.

노　루

山곬에서는　집터를츠고　달궤를닦고
보름달아래서　노루고기를먹었다

「노루」
1. 집터를츠고 – 집터를 치우고.
2. 달궤를닦고 – 달구로 집터나 땅을 단단히 다지고.
3. 아레서 – 아래에서.

국
수
당
넘
어

절간의소이야기

병이들면 풀밭으로가서 풀을뜯는소는 人間보
다 靈해서 열거름안에 제병을낳게할 藥이있
는줄을앎다고

首陽山의어늬오래된절에서 七十이넘은로장은이
런이야기를하며 치마자락의 山나물을추었다

뜯

「절간의소이야기」
1. 열거름안에 - 열 걸음 안 쪽에.
2. 앎다고 - 안다고
3. 로장 - 늙은 중을 높여서 부르는 말.

統營

넷날엔 統制使가 있었다는 낡은 港口의 처녀들에
겐 넷날이 가지않은 千姬라는 이름이많다

미억오리같이말라서 굴껍지처럼말없시 사랑하
다죽는다는

四

「統營」
*『조광』1권 2호(1935. 12)에 발표한 것을 수정 후 재수록.
 '뜰'은 '마당'으로, '실비'는 '비'로 시어가 교체되었다.
1. 미억오리 – 미역 줄기.

이千姬의하나를 나는어늬오랜客主집의 생선가

시가있는 라루방에서맞났다

저문六月의 바다가에선조개도을을저녁 소라방

둥이붉으레한마당에 김냄새나는비가날렸다

포

---

2. 맞났다 - '만났다'의 오자.
3. 소라방등 - 소라로 만든 등잔.
4. 날렸다 - 내렸다.

오금덩이라는 곧

꽃

어스름저녁 국수당돌각담의 수무나무가지에
녀귀의탱을걸고 나물매 갖후어놓고 비난수
를하는 젊은새악시들
—잘먹고가라 서리서리물러가라 네소원풀었으
니 다시침노말아라

벌개눞역에서 바리깨를뚜드리는 쇠스소리가나
면
누가눈을앓어서 부증이나서 찰거마리를 불으

「오금덩이라는 곧」
1. 국수당 – 서낭당의 방언.
2. 돌각담 – 다듬지 않은 돌만으로 쌓아올린 담.
3. 수무나무 – 시무나무, 느릅나무과에 속하는 나무.「넘언집 범같은 노큰마니」
   에도 나오는 시어다.
4. 녀귀 – 여귀(厲鬼)는 '재앙이나 돌림병으로 죽은 사람의 귀신'을 통칭하는
   말이다. 여기서는 그냥 귀신을 지칭하는 말로 쓰였다.
5. 탱 – 탱화.
6. 나물매 – 나물과 메(제사 때 신위 앞에 놓는 밥).
7. 갖후어놓고 – 갖추어 놓고.
8. 비난수 – 귀신에게 비는 소리.

는 것이다

마을에서는 피성한눈슭에 절인팔다러에 거마

더를 봊인다

여우가 우는밤이면

잠없는 노친네들은일어나 팟을갈이며 방요를

한다

여우가 주둥이를향하고 우는집에서는 다음날

으떼히 흉사가있다는것은 얼마나 무서운말

폰

인가

---

9. 서리서리물러가라 - '서리서리'는 '뱀 따위가 몸을 둥그렇게 감고 있는 모양, 혹은 감정이 그렇게 복잡하게 얽혀 있는 모양'을 나타낸다. 서리서리 맺힌 한을 풀고 물러가라는 뜻이다.
10. 벌개늪역 - 들판의 늪지 근처
11. 바리깨 - 주발의 뚜껑.
12. 부증 - 부종.
13. 피성한눈슭 - 피 멍이 든, 혹은 핏발이 선 눈시울.
14. 봊인다 - 붙인다.
15. 팟을갈이며 방요를한다 - 팥을 뿌리며 방뇨를 한다. 팥이 지닌 축사(逐邪)의 기능에 의해 흉사를 쫓아내려는 행동임.

柿崎의 바다

저녁밥때 비가들어서
바다엔배와사람ㅣ 홍성하다

참대창에 바다보다푸른고기가께우며 섬돌에곱

끗

「柿崎의 바다」
1. 柿崎 – 일본 동경 아래 쪽 이즈반도 남단에 있는 가키사키[柿崎] 해안.
2. 참대창 – 참대를 뽀족하게 깎아서 만든 꼬챙이.
3. 께우며 – 끼워 있으며.

조개가붙는집의 복도에서는 배창에 고기떨
어지는 소리가들렸다

이즉하니 물기에 누긋이젖은 왕구새자리에서
저녁상을받은 가슴앓는사람은 참치회를먹지
못하고 눈물겨웠다

어득한 기슴의행길에 얼굴이했슥한처녀가
새벽달같이
아 아즈내인데 病人은 미억냄새나는 맷문을닫
고 버러지같이 눕었다

五九

---

4. 이즉하니 – 시간이 꽤 되어서
5. 누긋이 – 누긋하게, 메마르지 않고 좀 눅눅하게.
6. 왕구새자리 – 왕골자리.
7. 얼굴이했슥한 – 얼굴이 핼쑥한.
8. 아즈내 – 초저녁.
10. 눕었다 – 누웠다.

定州城

山턱원두막은뷔엿나 불빛이외롭다

헌깁심지에 아즈까리기름의 쪼는소리가들리는

듯하다

층

「定州城」
* 『조선일보』1935년 8월 31일에 발표한 것을 띄어쓰기 등을 조정한 후 재수록.
1. 뷔엿나 – 비었나.
2. 헌깁심지 – 헝겊심지.
3. 아즈까리 – 아주까리, 피마자.
4. 쪼는소리가 – 졸아드는 소리가.

잠자며조을든　문허진城터
반디불이난다　파란魂들같다

어데서말있는듯이　크다란山새한마리　어두운
곳작이로난다

헐러다남은城門이
한울빛같이훤하다

날이밝으면　또　메기수염외늙은이가
청배를팔려올것이다

六一

---

5. 잠자리조을든 - 잠자리 졸던.
6. 어데서말있는듯이 - 어디선가 사람의 말 소리가 들리는 듯이.

彰義門外

무이밭에 힌나뷔나는집 밤나무 머루넝쿨속에

키질하는 소리만이들린다

우물가에서 까치가작고즞거니하면

二七

「彰義門外」
1. 까치가작고즞거니하면 – 까치가 자꾸 짖거니 하면.

돌담기슭에 오지항아리독이 빛난다

알이 달렸고 히스무레한 꽃도 하나둘 퓌여 있다

텃밭가 在來種의 林檎낡에는 이제도 콩알만한 푸른

붉은 숫닭이 높이 샛덤이 홰로 올랐다

촛三

---

2. 샛덤이 – 나무 더미.
3. 林檎낡 – 능금나무.
4. 히스무레한 – 조금 옅은 빛으로 허연.
5. 오지항아리 – 오짓물을 발라 구운 항아리.

旌門村

주홍칠이 날은 旌門이 하나 마을어구에 있었다

「孝子盧迪之之旌門」—— 몬지가 겹겹이 앉은 木刻의 額에

六四

「旌門村」
1. 旌門 – 충신, 효자, 열녀 등을 표창하기 위하여 그 집 앞에 세우던 붉은 문.

나는 열살이 넘도록 갈지字들을 웃었다

아카시아꽃의 향기가 가득하니 꿀벌들이 많이 날

어드는 아츰

구신은없고 부헝이가 담벽을더쫗고 죽었다

아이들은 쪽재피같이 먼길을돌았다

기왓골에 배암이푸르스름히빛난달밤이있었다

旌門집가난이는 열다섯에

詩은말군한에 시집을갔겄다

六五

---

2. 띠쫗고 - 부리로 마구 쪼고.

여 우 난 곬

박을삼는집

할아버지와손자가울은집웅옹에 한울빛이진초록

이다

우물의물이 쓸것만같다

마을에서는 삼굿을하는날

六六

「여우난곬」
1. 삼굿 – 삼을 벗기기 위하여 구덩이에 쩌 내는 일.

건넌마울서사람이　물에빠저죽었다는 소문이왔다

노란싸리닢이 한불갈린 토방에　햇츱방석을깔고

나는 호박떡을　맛있게도먹었다

어치라는 山새는 벌배먹어 꿍읍다는 곬에서 돌배먹고 앓븐배를 아이들은 띨배먹고나었다고하였다

七七

2. 한불 - 한겹. 「黃日」, 「박각시 오는 저녁」에도 나오는 시어다.
3. 어치 - 비둘기보다 좀 작은 새.
4. 벌배 - 벌레 먹은 배.
5. 꿍읍다- 곱다.
6. 돌배 - 야생 돌배나무의 열매.
7. 앓븐 - 아픈.
8. 띨배 - 띨광이, 산사 열매.

三 防

갈부던같은 藥水터의 山거리엔 나무그릇과 다
래나무짚팽이가많다

六

「三防」

* 『조광』 1권 1호(1935.11)에 「山地」로 발표.
  제목이 교체되고 7연 14행인 「山地」는 3연 3행의 「三防」으로 대폭 축소되며
  전면적으로 개작되었다.
1. 三防 – 함경남도의 유명한 약수터를 지칭하는 고유명사.
2. 갈부던 – 갈대로 짠 돗자리, 이 시에서는 얼기설기하고 복잡한 정경을 일
   컬음.
3. 짚팽이 – 지팡이.

山넘어十五里서 나무뒝치차고 싸리신신고

山비에촉촉이젖어서 藥물을받으려오는 두멧

아이들도있다

아래ㅅ마을에서는 애기무당이 작두를타며 굿

울하는때가많다

六九

---

4. 나무뒝치 – 나무의 속을 파서 만든 주둥이가 조그만 뒤웅박.
5. 싸리신 – 싸리로 만든 신발.

詩集

竹

限定百部
定價 二圓

版權所有

昭和十一年一月十七日 印刷
昭和十一年一月二十日 發行

著作者 白 石
京城府通義洞七ノ六

發行者
京城府蕃松洞二六

印刷人 朴 忠 植
京城府蕃松洞二六

印刷所 鮮光印刷株式會社

시집 『사슴』 이후 발표작

一統營一 (詩)

白石

閑麗山의 선창에선 조아하는사람이 울며날
이는배에 올라서오는 물길이반날
갓나는고당은 갓갓기도하다

바람맛도 짭짤한 물맛도짭짤한

전북에 해삼에 도미 가재미의 생선이조코
파래에 아개미에 호루기의 젓갈이조코

새벽녘의거리엔 쾅쾅 북이울고
밤새것 바다에선 쟈랑쟈랑 배가울고

자다가도 일어나 바다로 가고십흔곳이다

진장히 아이만한 피도안간 대구를말리는곳
황화장사령감이 일본말을 잘도하는곳
처녀들은 모두 漁場主한테 시집을가고십허
한다는곳

「統營」
*『조선일보』1936년 1월 23일에 발표. '南行詩抄'라는 부제가 있음.
1. 갓나는고당은 갓갓기도하다 - 갓이 많이 생산되는 고장은 갓의 모양 같기도
  하다.
2. 아개미 - 생선의 아가미로 담근 것.
3. 호루기 - 쭈꾸미와 비슷하게 생긴 해산물.
4. 황화장사령감 - 황아장수(집집을 찾아다니며 자질구레한 일용 잡화를 파는
  사람) 영감.

山넘어로가는길 돌각담에 걔옷하는 처녀는
婦이라드니갓고
내가들은 馬山客主집의 어린딸은 婦이라는
이갓고

婦이라는이는 明井골에산다든데
明井골은 山넘어 柊栢나무포르르를 甘露가튼
물이솟는 明井샘이잇는 마을인데
샘터엔 오구작작 콩볶듯는처녀며 새악시들
가운데 내가조아하는 그이가 잇슬것갓고
내가조아하는 그이는 푸른가지붉게붉게
柊栢
栢꼿 피는철엔 타관시집을 갓것만가든데
긴토시끼고 큰머리언고 오붓코붓 넘엣거리
로가는 女人은 주安道서오신듯한데 柊栢
꼿피는철이 그언제요

몃 장수모신 날든사당의 물봉선이에 주처안
져서 나는 이저버 울듯울듯 明山港口다에
柊사공이되여가며
녬낫군집 담나군집 마다만노래집에서 열
나흘할으코 손방어만켓든 낫사람을생각한다

—(明文譜)—

---

5. 柊栢 - '冬栢'이 맞는 표기임.
6. 오구작작 - 어린아이들이 한곳에 모여 떠드는 모양.
7. 타관시집 - 다른 지역으로 시집을 감.
8. 녕 - 지붕의 방언.

오 리

白石

오리야 네가좋은 淸明밋게밤은

옆에서 누가 땀을처도모르게 어둡다누나

오리야 이때는 따디기가되여 어둡단다

아무려 밤이좋은들 오리야

해변벌에선 얼마나 너이들이 욱자짓걸하며 맥이기에

해변땅에 나들이갔든 할머니는

오리새끼들은 장몿이나하듯이 뗘몰석하니 시끄럽기도하드란 승인가

그댄도 오리야 호젓한밤길을가다

가까운 논배미들에서

짜알 짜알하는 너이들의 즐거운말소리가나면

나는 네마을 그아늑한사람들의 짓걸짓걸하는 딸소리같이 반가옵고나

「오리」

* 『조광』 2권 2호(1936. 2)에 발표.

1. 淸明밋게밤 - 청명 무렵의 밤.

2. 따디기 - 따지기. 얼었던 흙이 풀리려고 하는 초봄 무렵. 「내가 생각하는 것은」에도 나오는 시어다.

3. 욱자짓걸 - 왁자지껄.

4. 맥이기에 - 오리들이 서로 부르고 시끌시끌하기에. 「국수」에도 '멕이고'라는 시어가 나온다.

5. 장몿이나하듯이 - 시장이 모이기나 하듯이.

오디야 너이들의 이야기판에 나도들어

말을굽이 밝히고싶고나

오디야 나는 네가좋구나 네가좋아서

벌논의높볕에 쭈구령벼알달련 집검불을 넘어놓고

닭이젖올코에 새끼달은치를 묻어놓고

동둑넘에숨어서

하로진일 너를 기달인다

오디야 꿈은오디야 가만히 안졌거라

너를팔어 술굴먹는 虜장에령감은

홀아비 소의연 침을놓는 령감인데

나는 너를 백통전하나주고 사오누나

나를생각하든 그무당의딸은 네어떤누이에게

오디야 너를 한쌍주두니

어떤누이는 없고 저는 시집을갔다것만

오디야 너는 한쌍이 날어가누나

---

6. 숭인가 - 흉인가.

7. 논배미 - 논두렁으로 둘러싸인 논의 하나하나의 구역.

8. 쭈구령벼알 - 제대로 여물지 못한 벼알.

9. 닭이젖올코에 - '닭이짖올코'의 오자로 보인다. '닭의 깃'에 '올코'(올가미)
   가 붙은 말로 닭의 깃털을 붙여 만든 올가미란 뜻이다.

10. 새끼달은치 - 새끼줄을 매단 덫.

11. 하로진일 - 하루 종일.

12. 虜장에령감 - 노씨 성을 가진 장의(掌醫: 조선 시대에 의약에 관한 일을 맡
    아보던 종구품 궁인직 벼슬)직에 있던 영감.

13. 소의연 - 정확한 뜻은 알 수 없으나 앞뒤의 문맥으로 볼 때 '所以然'(그리
    된 까닭)에서 온 말이 아닐까 짐작된다. 홀아비로 사는 까닭에 소일 삼아 침
    을 놓는 영감이라는 뜻으로 이해된다.

연자ㅅ간

白

石

달빛도 거지도 도적개도 모다 즐겁다
풍구재도 얼럭소도 쇠드랑볕도 모다 즐겁다

도적괭이 새끼락이나고
살진 쪽제비 트는 기지게길고

강아지는 겨를먹고 오줌싸고
외낭닭은 알을낳고 소리치고

「연자ㅅ간」

*『조광』 2권 3호(1936. 3)에 발표.

1. 풍구재 – 풍구(곡물에 섞인 쭉정이, 겨, 먼지 따위를 날려서 제거하는 농기구)의 평안도 방언.

2. 쇠드랑볕 – 창살 사이로 들어온 햇살.

3. 새끼락 – 야생동물이 성장하며 나오는 발톱.

개똥은 게몽이고 쌈지거리하고

동여난 도야지 둥구재벼오고

까치 보해 짖고

송아지 잘도 놀고

장돌림 당나귀도 울고가고

신영길 말이 울고가고

댁들보우에 베틀도 채일도 토리개도 모도들 편안하니

구석구석 후치도 보십도 소시랑도 모도들 편안하니

---

4. 게몽이고 – 게걸스럽게 모이고.
5. 둥구재벼오고 – 둥그렇게 안겨서 잡혀오고.
6. 보해 – 계속해서.
7. 신영길 – 신행길. 결혼할 때 신랑이나 신부가 처음 상대의 집으로 가는 것.
8. 채일 – 차일, 햇볕을 가리기 위하여 치는 포장
9. 토리개 – 목화의 씨를 빼는 도구.
10. 후치 – '극젱이'의 방언, 땅을 가는 데 쓰는 농기구. 쟁기와 비슷하나 쟁깃술이 곧게 내려가고 보습 끝이 무디다.
11. 보십 – 보습, 쟁기나 극젱이의 술바닥에 맞추는 삽 모양의 쇳조각.
12. 소시랑 – 쇠스랑.

春郊七題

黃日

白石

한 十里 며가면 절간이 있을듯한마을이다。
낮기울은 볕이 장글장글하니 따사하다 흙은 것이
커서 살같이깨서 아지랑이낀 속이 안타까운가보다
뒤울안에 복사꽃핀 집엔 아무도없나보다 뷔임
집에 광이날아와 다니나보다 울밖 늙은들
매낡에 뒤뒤새 한불앉었다 힌구
름 딸어가며 딱장벌레 잡
다가 연두빛
닛새가 좋아
울나왔나보다
밭머리에도
복사꽃 피었
다 새악시도
피었다새악
시복사꽃이다
복사꽃 새악

「黃日」

* 『조광』 2권 3호(1936. 3)에 발표. '春郊七題'에 수록.
1. 장글장글하니 – 내리비치는 햇살이 아른아른 빛나면서도 따사로운 모양. 「山谷」, 「歸農」에도 나오는 시어.
2. 흙은 것이 커서 살같이깨서 – 날이 따뜻해져서 흙의 수분이 증발하여 햇살같이 퍼지는 것을 '젖이 커서 살같이 깨어나'라고 표현한 것이 아닌가 짐작된다.
3. 뒤뒤새 – 개똥지빠귀. 「月林장」에도 나오는 시어다.
4. 한불앉었다 – 한꺼번에 앉았다. 「여우난곬」, 「박각시 오는 저녁」에도 나오는 시어다.

시다 어데서
송아지 매ㅡ하고
운다 골갯논드렁에서
미나리 밟고서서 운
다 복사나무 아레가
흙작난하며 눌지 왜우노
자개밭둑에 엄시 어데안
가고 누었다 아릇동리
선가 말웃는 소리 무서운가
아릇동리 망아지 네소리 무서울타
담모도티 바윗잔등에 다람쥐 해바라기하
다 조은다 토끼잠 한잠 자고나서 세수
한다 힌구름 건넌산으로 가는길에 복사
꽃 바라노라 섰다 다람쥐 건넌산 보고
붇으는 푸넘이 간지럽다

저기는 그늘 그늘 여기는 쟁쟁ㅡ
저기는 그늘 여기는 쟁쟁ㅡ
저기는 그늘 여기는 쟁쟁ㅡ

---

5. 골갯논드렁 - 마을 옆에 붙은 논의 두렁.
6. 자개밭둑 - 자갈밭 가의 둑.
7. 엄지 - 짐승의 어미, 「오리망아지토끼」, 「酒幕」에도 나오는 시어다.

湯 藥

눈이 오는데
토방에서는 질하고을에 끓는탕관에 약이끓는다.
삼에 숙변에 목단에 백봉령에 산약에 택사의 몸을보한다는 六味湯이다.
약탕관에서는 김이올으며 달큼한 구수한 향기로운 내음새가나고
약이끓는 소리는 떼떼 즐거웁기도하다.

그리고 다달인약을 하이얀 약사발에 밭어놓은것은
아득하니 맢하야 萬年넷적이 들은듯한데
나는 두손으로 공이 약그릇을들고 이약을내인 녯사람들을 생각하노라면
내마음은 끝없시 고요하고 또 맑어진다.

石

伊豆國湊街道

넷적본의 퇴장마차에
어느메 촌중의 새새악시도 함께타고
머ㄴ바닥가의 거리로 건너는데
금금이 눌 한 마을마을을 지나가며
싱싱한 금금을 먹는것은 얼마나 즐거운일인가

「湯藥」
＊『시와 소설』 1936년 3월에 발표.
1. 질하로웋에 – 질화로 위에.
2. 곱돌탕관 – 곱돌로 만든 약탕관.

「伊豆國湊街道」
＊『시와 소설』 1936년 3월에 발표.
1. 넷적본 – 옛날 모양의. 「南鄕」에도 나오는 시어다.
2. 어느메 – 어디의 방언. 「古夜」, 「가즈랑집」에도 나오는 시어다.
3. 촌중의 – 시골 마을의.
4. 눌 한 – 누렇게 익은.

南行詩抄

一 昌 原 道 一

白 石

솔포기에 숨었다
토끼나 꿩을 놀래주고싶은 山허리의길은

엎데서 따스하니 손을 녹히고싶은 길이다

개덜이고 호이호이 희파람불며
시울노코 가고싶은 길이다

귀나리봇취벗고 따스불노코안저
담백한대 피우고싶은길이다

숭냥이 줄레줄레 달고가며
덕신덕선 이야기하고싶은 길이다

덕거머리충각은 정든넘업고오고싶흔길이다

「昌原道」
* 『조선일보』 1936년 3월 5일에 발표. '南行詩抄 (一)' 이라는 부기가 있음.
1. 개덜이고 – 개를 데리고.
2. 따스불 – 땅불, 땅에 아무렇게나 붙이는 불.
3. 덕신덕신 – 여러 가지 이야기를 이어서 하는 모양.

南行詩抄 【二】

一統 ...... 營 一

白 石

統營장 낫대들엇다

갓한닙쓰고 건시한졉사고 홍공단단기한같끈코

술한병바더들고

화륜선 만저보려 선창갓다

오다 가수내 들어가는 주막압헤

문둥이 품마타령 듯다가

열날혜달이 올라서

나루배타고 판데목 지나갈다 갓다

── 徐丙織氏에게 ──

「統營」

*『조선일보』1936년 3월 6일에 발표. '南行詩抄 (二)' 라는 부제가 있음.
  시 끝부분에 '徐丙織氏에게' 라는 말이 적혀 있음. 서병직은 백석이 통영에
  머무르는 동안 그를 대접했던, 박경련의 외사촌이다.
1. 낫대들엇다 - 내달아 들어갔다. '내닫다'의 고어인 '낫돋 다'와 '들었다'의
   합성어로 보인다.
2. 화륜선 만저보려 - 화륜선 만져 보려.
3. 가수내 - 지명.
4. 문둥이 품마타령 - '문둥이 품바타령'의 오자이다.
5. 판데목 - 통영 앞 바다에 있는 수로의 이름.

南行詩抄 〔三〕

一固城街道一

白　石

固城장 가는길
해는 둥둥높고

개한아 얼린하지안는 마을은
혜밭혼 마당귀에 맷방석하나
빩아코 노랗코
눈이시울은 곱기도한 건반밥
아 진달래! 개나리 한창퓌엿구나

가까이 잔치가잇서서
곱디고흔 건반밥을 말리우는마을은
얼마나 즐거운 마을인가

어쩐지 당홍치마 노란저고리입은 새악시들이
옷고름을볼것만가른 마을이다

「固城街道」
* 『조선일보』 1936년 3월 7일에 발표. '南行詩抄 (三)' 이라는 부제가 있음.
1. 얼린하지안는 – 어른거리지 않는.
2. 마당귀 – 마당 구석.
3. 눈이시울은 – 눈이 부신.
4. 건반밥 – 잔치 때에 쓸 세반가루.
5. 한창퓌엿구나 – 한창 피었구나.

南行詩抄 【四】

三千浦一

白石

졸래졸래 도야지새끼들이간다

귀밋이 재릿재릿하니 볏이 담북 따사로운거리다

잿스덤이에 까치올으고 아이올으고 아지랑이올으고

해바라기 하기조흘 벼人곡간마당에

벼人집가티 누우란 사람들이 둘러서서

어늬눈오신날 눈울즈고 생긴듯한 말다름소리도 누우라니

쇠는 기르매지고 조은다

아 모돌 따사로히 가난하니

「三千浦」
*『조선일보』 1936년 3월 8일에 발표. '南行詩抄 (四)' 라는 부제가 있음.
1. 귀밋이 재릿재릿하니 – 햇볕이 비쳐 귀 밑 쪽이 따뜻하게 느껴지는 상태.
2. 담복 – 담뿍, 넘칠 정도로 가득한 모양.
3. 누우란 – 누런.
3. 기르매 – 소의 등에 얹는 안장.

咸州詩抄 ┈┈┈ 白 石

北 關

明太창난젓에 고추무거리에 막칼질한무이를 뷔벼익힌것을
이 루박한 北關을 한없이 끼밀고있노라면
쓸쓸하니 무릎은 꿈어진다

시틈한 배척한 퀴퀴한 이 내음새속에
나는 가느슥히 女眞의 살내음새를 맡는다

얼근한 비릿한 이 맛속에선
감아득히 新羅백성의 鄕愁도 맛본다.

노 루

멧돝이 집웅넘어 넘석하는거리다
자구나무 같은것도 있다
기장감주에 기장찰떡이 흖한데다
이거리에 산狗사람이 노두새끼를 다리고왔다

「北關」

＊『조광』3권 10호(1937.10)에 '咸州詩抄'라는 묶음으로 「北關」,
「노루」, 「古寺」, 「선우사」, 「山谷」 등 다섯 편이 발표됨.
1. 고추무거리 - '무거리'란 원래 '곡식의 가루를 내고 남은 찌꺼기'
   를 말한다. 여기서는 고춧가루에 양념을 섞어 무친 것을 뜻한다.
2. 무이 - 무.
3. 끼밀고있노라면 - 대상에 끼어들어 자세히 보며 느끼고 있노라면.
4. 꿈어진다 - 꿇어진다.
5. 배척한 - 배척지근한, 비린내가 나는.
6. 가느슥히 - 희미하게.

「노루」

＊『조광』3권 10호(1937.10)에 발표.
1. 넘석하는 - 크게 힘을 들이지 않고도 갈 만큼 가까운.
2. 자구나무 - 자귀나무.
3. 기장감주 - 기장으로 만든 감주.
4. 기장찰떡 - 기장으로 만든 찰떡.

산곬사람은 막베등거리 막베잡방둥에 쌀입고

노루새끼를 닮었다

노루새끼등을 쓸며

터앉에 당콩순을 다먹었다하고

설흔닷냥 값을불은다

노두새끼는 다문다문 흰컴이 백이고 배안의헐을 너슬너슬벗고

산곬사람을 닮었다

古　寺

새깜안눈에 하이얀것이 가랑가랑한다.

약자에쓴다는 흥청소리를 듣는듯이

산곬사람의손을 핥으며

붓두막이 두길이다

이 붓두막에 놓인 사닥다리로 자박수염난 공양주는 성궁미를 지고올은다

한말밥을한다는 크나큰솥이

외면하고 가부틀고앉어쉬 염수도 쉬일만하다

화라지송침이 단채로둘어간다는 아궁지

이 험상구즌아궁지도 조앙님은 무쉬운가보다

5. 당콩 – 강낭콩.
6. 노두새끼 – '노루새끼'의 오자.
7. 다문다문 – 드문드문. 공간적으로 사이가 좀 드문 모양.
8. 너슬너슬 – 굵고 긴 털이 부드럽게 성긴 모양.
9. 약자에쓴다 – 약의 재료로 사용한다.
10. 가랑가랑 – 눈에 눈물이 넘칠 듯이 고인 모양.

농마루며 바람벽은 모두들 그느슥히
힌밥과 두부와 튀각과 자반을 생각나하고

한펌도 남즉하니 불기와 유종들이
묵묵히 팥장끼고 쭈구리고앉었다

재안드는밤은 불도없이 갑갑한 까막나라에서
조앙님은 무쇠운 이야기나하면
모두들 죽은듯이 엎데였다 잡이들것이다

(歸州寺──咸鏡道咸州郡)

膳 友 辭

낡은 나조반에 힌밥도 가재미도 나도나와앉어서
쓸쓸한 저녁을 맞는다

힌밥과 가재미와 나는
우리들은 그무슨 이야기라도 다할것같다
우리들은 쇠로 믿없고 정답고 그리고 쇠로 좋구나

우리들은 맑은불밑 해정한 모래톱에서 하구긴날을 모래알만 헤이며 잔뼈가
굵은탓이다

「古寺」

*『조광』 3권 10호(1937. 10)에 발표.
 시 끝에 '歸州寺-咸鏡道咸州郡'이라고 적어 시의 배경이 귀주사
 라는 것을 밝히고 있다.

1. 자박수염난 - 다박나룻. 다보록하게 수염이 함부로 난.
2. 성궁미 - 부처에게 바치는 쌀.
3. 가부틀고 - 가부좌 틀고.
4. 화라지송침 - 길게 자란 소나무 가지를 묶어 말린 땔나무.
5. 아궁지 - 아궁이.
6. 조앙님 - 조왕(竈王)님. 부엌을 맡은 신. 부엌에 있으며 모든 길
   흉을 판단함.
7. 하폄도 남즉하니 - 하품도 날 정도로.
8. 불기 - 부처에게 올릴 밥을 담는 놋그릇.
9. 유종 - 놋으로 만든 작은 그릇.
10. 재안드는밤은 - 불공이 없는 밤은.

바람송은 한벌관에서 물닭이 소리를들으며 단이 숩먹고 나이들은탓이

외따른 산꼴에서 소리개소리 배우며 다람쥐동무하고 자라난탓이다

우리들은 모두 욕심이없어 히여젔다

착하디 착해서 세괏은 가시하나 손아귀하나 없다

너무나 청갈해서 이렇게 따리했다

우리들은 가난해도 쉬럽지않다

우리들은 외로워할 까닭도없다

그리고 누구하나 부럽지도않다

힌밥과 가재미와 나는

우리들이 같이 있으면

세상같는건 밖에나도 좋을것같다

山　谷

돌각담에 머루송이 깜하니 익고

자갈밭에 아즈까리 알이 쏟아지는

잡풍하니 별밭은 곳작이다

나는 어곳작에서 한겨을을날려고 집을한채 구하였다

「膳友辭」

＊『조광』 3권 10호(1937. 10)에 발표.

1. 나조반 – 나좃대(신랑집 예물이 오는 날 신부 집에서 불을 켜는 물건)를 받쳐 놓는 쟁반이 나좃쟁반인데, 여기서는 그렇게 나지막하고 작은 쟁반을 뜻한다.

2. 해정한 – 깨끗하고 단정한.

3. 모래알만 헤이며 – 모래알만 헤이며(세며).

4. ‘나이들은탓이’ – 끝에 ‘다’ 가 누락되었다.

5. 세괏은 – 매우 억센.

6. 밖에나도 – 바깥으로 밀어두어도.

「山谷」

＊『조광』 3권 10호(1937. 10)에 발표.

1. 아즈까리 – 아주까리, 피마자. 2. 잠풍하니 – 바람이 잔잔하게 부는.

3. 한겨을을 – 겨울 한철을.

집이 몇집되지않는 故안은
모두 러알에 김장감이 떠지고
뜰악에 잡곡낙가리가 쌓여서
어니세월에 뵈일듯한집은 뵈이지않었다
나는 故안으로 깊이 들어갔다

故이다한 산머밑에 작으마한 돌능와집이 한채있어서
이집 남길동닭 안주인은 거울이면 집을버고
산을돌아 거리로날여간다는말을하는데
해발는마당에는 꿀벌이 스무나무통있었다

낮기울은날을 해人법 장글장글한 퇴人마루에 걸어앉어서
지난여름 도락구를타고 長津당에 가서 꿀을치고
돌아왔다는 이 번둘을 바라보며 나는
날이 어서 추워저서 쑥국화꽃도 시들고
이 바즈런한 백성들도 다 케집으로 들은뒤에
이 故안으로 올것을 생각하였다

---

4. 산대밑 - 산언덕 아래.
5. 돌능와집 - 너와집. 납작납작한 돌을 기와 대신 지붕에 올린 집. 「月林장」에도 나오는 시어다.
6. 남길동닭 - 남색 끝동을 단. 길동은 끝동의 평안북도 방언이다. 백석의 다른 시 「絶望」에도 '길동'이라는 시어가 나온다.
7. 장글장글 - 내리비치는 햇살이 따뜻하게 느껴지는. 「黃日」,「歸農」에도 나오는 시어임.
8. 도락구 - 트럭.
9. 바즈런한 - 부지런한.

바 다

白 石

바닷가에 왔드니

바다와같이 당신이 생각만 나는구려

바다와같이 당신을 사랑하고만 싶구려

구붓하고 모래톱을 올으면

당신이 뒤선것만 갓구려

당신이 앞선것만 갓구려

그리고 지중지중 물가를 거닐면

당신이 이야기를 하는것만 갓구려

당신이 이야기를 끊은것만 갓구려

바닷가는

개지꽃에 개지 아니 나오고

고기비눌에 하이얀 해人빛만 쇠리쇠리하야

어쩐지 쓸쓸만 하구려 섧기만 하구려

「바다」

* 『여성』 2권 10호(1937. 10)에 발표.
1. 구붓하고 – 몸을 약간 구부정하게 하고.
2. 지중지중 – 곧장 나아가지 않고 한자리에서 지체하는.
3. 개지꽃 – 메꽃의 방언.
4. 쇠리쇠리하야 – 눈이 부셔. 「夕陽」, 「歸農」에도 나오는 시어다.
5. 섧기만 – 서럽기만.

가을의 表情

丹楓

白石

어서 살찐 파
몸이 불탄다、
영화의 자랑이
한창 현란해서
청청한율이 눈
부서한다。

十月시절은 단풍이 얼굴이요、
또 마음인데 十月단풍도 곱다란
낭떨어지에 두서너나무 깨웃듬이
외로히서서 흔들걸이는것이 기로
다。

十月단풍은 아름다우나 사랑홧
기를 삼갈것이니 울어서도 다하지
못한 독한 원한이 빨안 자주로
지지우러지 않느뇨

맑안물 질게든 얼굴이 아름답
지않으노 빨안情 무르녹는 마음
이 아름답지않으노。단풍든시절은
새빨안 우슴을웃고 새빨안말을 지
줄덴다。

어데 靑春을보낸 서러움이 있
느뇨。어데 老死를 앞둘 두려움
이 있느뇨。

재회가 한끝 풍성하야 十月햇
살이 무색하다 사랑에 한창 익

「丹楓」

* 『여성』 2권 10호(1937. 10)에 발표. '가을의 表情' 난에 수록된 산문인데 시적 정서가 짙어서 수록하였다.
1. 지줄댄다 – 지껄여댄다.
2. 재화 – 재물이라는 뜻인데, 여기서는 가을의 단풍이 찬란하게 물든 상태를 재화가 풍성한 것에 비유한 것이다.
3. 한끝 – 한껏.
4. 무색하다 – 본래의 특색을 드러내지 못하고 보잘것없다.
5. 따몸 – 땅의 몸. 낙엽의 모습을 비유한 것이다.
6. 깨웃듬이 – 비스듬히. 갸우뚱하게.
7. 기로다 – 그것이로다. 그것이 제대로 된 모습이로다.
8. 지지우리지 – 짙게 우러나지.

秋夜一景

白石

닭이 두홰나 울었는데

안방큰방은 홰즛하니 당등을하고

인간들은 모두 웅성웅성 깨여있어서들

오가리며 석박디를 썰고

생강에 파에 청각에 마눌을 다지고

시래기를 삶는 훈훈한 방안에는

양염내음새가 싱싱도하다

밖에는 어데서 물새가 우는데

토방에선 햇콩두부가 고요히 숨이들어갔다

「秋夜一景」
*『삼천리 문학』1호(1938. 1)에 발표.
1. 홰즛하니 - 비교적 환하게.
2. 당등 - 장등의 방언. 장등(長燈)은 밤새도록 켜놓는 등불.
3. 오가리 - 무나 호박 따위의 살을 길게 썰어서 말린 것.
4. 석박디 - 섞박지. 배추와 무, 오이를 절여 넓적하게 썬 다음 여러 가지 고명
에 젓국을 쳐서 한데 버무려 담은 뒤 조기젓 국물을 약간 부어서 익힌 김치.

山中吟　　白石

山宿

旅人宿이라도 국수집이다
모밀가루포대가 그득하니 쌓인 웃간은 들믄들믄 더웁기도하다
나는 낡은 국수분틀과 그즈런히 나가누어서
구석에 데굴데굴하는 木枕들을 베여보며
이 山골에 들어와서 이 木枕들에 새깜아니때를 올리고간 사람들을 생각한다
그 사람들의 얼굴과 生業과 마음들을 생각해본다

饗樂

소생딸이 귀신불같이 무서운 山골거리에선
첨아끝에 종이등의 불을밝히고
저락저락 떡을친다
감자떡이다

「山宿」
*『조광』4권 3호(1938. 3)에 '山中吟'이라는 묶음으로 네 편의 작품을 발표.
1. 들믄들믄 - 방에 불을 많이 때서 더운 느낌이 들면서 한편으로 들쿠레한 냄 새가 나는 듯한 상태.

「饗樂」
*『조광』4권 3호(1938. 3)에 발표.
1. 饗樂 - 잔치를 준비하는 음악. 떡 치는 소리와 개울물 소리를 비유한 것이다.
2. 첨아끝에 - 처마 끝에.

이젠 캄캄한 밤과 개울물 소리만이다

夜半

로방에 숭냥이같은 강아지가 앉은집
부엌으론 무럭무럭 하이얀김이 난당
자정도 활신 지났는데
닭을잡고 모밀국수를 눌은다고한다
어늬 山옆에선 캥캥 여우가 운다

白樺

산골집은 대들보도 기둥도 문살도 자작나무다
밤이면 캥캥 여우가 우는山도 자작나무다
그맛있는 모밀국수를 삶는 장작도 자작나무다
그리고 甘露같이 단샘이 솟는 박우물도 자작나무다
山넘어는 平安道땅도 뵈인다는 이山골은 온통 자작나무다

「夜半」
*『조광』 4권 3호(1938. 3)에 발표.
1. 활신 – 훨씬.
2. 눌은다 – 누른다.

「白樺」
*『조광』 4권 3호(1938. 3)에 발표.
1. 박우물 – 바가지로 물을 뜰 수 있는 얕은 우물.

나와 나타샤와 흰당나귀

白 石

가난한 내가
아름다운 나타샤를 사랑해서
오늘밤은 푹푹 눈이 나린다

나타샤를 사랑은하고
눈은 푹푹 날리고
나는 혼자 쓸쓸히 앉어 燒酒를 마신다
燒酒를 마시며 생각한다
나타샤와 나는
눈이 푹푹 쌓이는밤 흰당나귀타고
산골로 가자 출출이 우는 깊은산골로가 마가리에 살자

「나와 나타샤와 흰당나귀」
＊『여성』3권 3호(1938. 3)에 발표.
1. 출출이 우는 - 뱁새가 우는.
2. 마가리 - 오막살이.

눈은 푹푹 나리고
나는 나타샤를 생각하고
나타샤가 아니올리 없다
언제벌서 내속에 고조곤히와 이야기한다
산골로 가는것은 세상한데 지는것이아니다
세상같은건 더러워 버리는것이다

눈은 푹푹 나리고
아름다운 나타샤는 나를 사랑하고
어데서 힌당나귀도 오늘밤이 좋아서 응앙 응앙 울을것이다

---

3. 고조곤히 – 고요하게, 조용하게.

夕 陽

白

石

거리는 장날이다

장날거리에 녕감들이 지나간다

녕감들은

말상을하였다 범상을하였다 쪽재피상을하였다

개발코를하였다 안장코를하였다 질병코를하였다

그코에 모두 학실을썼다

돌체돗보기다 대모체돗보기다 로이도돗보기다

녕감들은 유리창같은눈을 번득걸이며

루박한 北關말을 떠들어대며

쇠리쇠리한 저녁해속에

사나운 즘생같이들 살어졌다

「夕陽」

* 『삼천리문학』 2호(1938. 4)에 발표.
1. 개발코 – 개발처럼 넙죽하고 뭉툭하게 생긴 코.
2. 안장코 – 안장 모양처럼 등이 잘룩한 코.
3. 질병코 – 질흙으로 만든 병처럼 거칠고 투박하게 생긴 코.
4. 학실 – 돋보기의 평안도 방언.
5. 돌체돗보기 – 석영(石英) 유리로 안경테를 만든 돋보기.
6. 대모체돗보기 – 대모갑(玳瑁甲) 즉 바다거북의 등껍데기로 테를 만든 안경.
8. 로이도돗보기 – 로이드안경. 둥글고 굵은 셀룰로이드 테의 안경. 미국의 희
   극 배우 로이드가 쓰고 영화에 출연한 데서 유래한다.
9. 쇠리쇠리한 – 눈부신.
10. 살어졌다 – 사라졌다.

故鄕

나는 北關에 혼자 앓어누어서

어느아츰 醫員을 뵈이었다

醫員은 如來같은 상을하고 關公의수염을 들이워서

먼넷적 어늬나라 신선같은데

새끼손톱 길게도은 손을내어

묵묵하니 한참 맥을집드니

문득물어 故鄕이 어데냐한다

平安道 定州라는 곳이라한즉

그렇면 아무개氏 故鄕이란다

그렇면 아무개氏ㄹ 아느냐한즉

醫員은 빙긋이 우슴을 띄고

莫逆之間이라며 수염을 쏜다

나는 아버지로 섬기는이라한즉

醫員은 또다시 넌즛이 웃고

말없이 팔을잡어 맥을보는데

「故鄕」
＊『삼천리문학』2호(1938. 4)에 발표.
1. 상을하고 - 모습을 하고.
2. 關公 - 관우.
3. 길게도은 - 길게 돋은.
4. 쏜다 - '쓴다'의 뜻에 해당하는 백석의 독특한 시어.

絶 望

北關에 게집은 튼튼하다
北關에 게집은 아름답다
아름답고 튼튼한 게집은있어서
힌저고리에 붉은 길동을달어
검정치마에 밫어입은것은
나의 꼭하나 즐거운 꿈이였드니

어늬아츰 게집은
머리에 묵어운 동이틀 이고
손에 어린것의 손을끌고
가펴러운 언덕길을
숨이차서 올라갔다
나는 한종일 서러웠다

故鄕도 아버지도 아버지의 친구도 다 있었다

손길은 따스하고 부드러워

「絶望」
*『삼천리문학』 2호(1938. 4)에 발표.
1. 길동 - 끝동.「山谷」에도 나오는 시어다.
2. 밫어입은것은 - 받쳐 입은 것은.
3. 묵어운 - 무거운.
4. 가펴러운 - 가파른, 산이나 길이 몹시 비탈진.

개 (詩)

컴시 귀에 소 기름이나 소뿔등잔에 아즈까리 기름을 켜는 마을에서는

겨을 밤 개 짖는 소리가 반가웁다.

이 무쇠운 밤을 아래 웃방성 마을을 돌아다니는 사람은 있어 개는 짖는다.

낮배 어니메 치코에 칭이라도 걸려서 개는 넘어 국수집에 국수를 받으려가는 사람이

있어도 개는 짖는다.

김치 가재미선 동침이가 유별히 맛나게 익는 밤

아배가 밤참 국수를 받으려가면 나는 큰마니의 돋보기를 쓰고 앉어 개짖는 소리를 듣는것이다.

「개」

*『현대조선문학전집』(1938. 4)에 실림. 원본이 아직 발견되지 않음.

1. 아래 웃방성 – 아래 위 쪽으로.
2. 돌이다니는 – '돌아다니는'의 오자다.
3. 낮배 – 낮에.
4. 어니메 – '어디'의 방언.
5. 치코 – 올가미.
6. 김치 가재미 – 겨울에 김치를 묻은 다음 얼지 않도록 그 위에 수수깡과 볏짚단으로 나무를 받쳐 튼튼하게 보호해 놓은 움막. 「국수」에도 나오는 시어다.
7. 큰마니 – '할머니'의 방언.

외가집 (詩)

내가 언제나 무서운 외가집은

초저녁이면 안팎마당이 그득하니 하이얀 나비수염을 물은 보득지근한 복쪽재비들

어쓰굿씨굴 모여서는 쨩쨩 쨩쨩 쇳스럽게 울어대고

밤이면 무엇이 기와곬에 무리돌을 던지고 뒤우란 배나무에 쩨듯하니 줄등을 헤여

달고 부뜨막의 큰 솥 적은 솥을 모주리 뽑아놓고 재통에간 사람의 목덜미를 그

냥그냥 나려눌러선 잿다리 아래로 처박고

그리고 새벽녘이면 고방 시렁에 채국채국 얹어둔 모랭이 목판 시루며 함지가,

땅바닥에 넘너른히 널리는 집이당

「외가집」

*『현대조선문학전집』(1938. 4)에 실림. 원본이 아직 발견되지 않음.

1. 복쪽재비 - 복을 가져다주는 족제비라는 뜻으로, 집에 들어왔거나 집에 들어와 사는 족제비를 이르는 말.
2. 보득지근한 - 반들거리고 야무지게 생긴.
3. 씨굴씨굴 - 사람이나 짐승이 많이 모여 자꾸 움직이는 모양.
4. 쇳스럽게 - 날카롭게.
5. 뒤우란 - 뒤울안. 뒤란. 집 뒤 울타리의 안쪽.
6. 쩨듯하니 - 비교적 환하게. 「古夜」에도 나오는 시어다.
7. 줄등 - 긴 줄에 매달린 여러 개의 등.
8. 헤여달고 - 팽팽하게 달고.
9. 재통 - '변소'의 방언.
10. 잿다리 - 시골의 재래식 변소에 걸쳐놓은 두 개의 나무.
11. 모랭이 - 함지보다 작은 나무 그릇.
12. 넘너른히 - 여기저기 마구 널려 있는.

내가생각하는것은

白 石

밝은 봄철날 따디기의 누굿하니 푹석한 밤이다

거리에는 사람두 많이나서 흥성 흥성 할것이다

어쩐지 이사람들과 친하니 싸단니고 싶은 밤이다

그렇것만 나는 하이얀 자리우에서 마른 팔뚝의

샛파란 피ㅅ대를 바라보며 나는 가난한 아버지를

가진것과 내가 오래 그려오든 처녀가 시집을간것과

그렇게도 살틀하든 동무가 나를 벌인일을 생각한다

또 내가 아는 그 몸이성하고 돈도있는 사람들이

즐거이 슬슬덕으며 단닐것과

「내가 생각하는 것은」
* 『여성』 3권 4호(1938. 4)에 발표.
1. 따디기 – 따지기. 얼었던 흙이 풀리려고 하는 초봄 무렵. 해토머리. 「오리」에
도 나오는 시어다.
2. 누굿하니 – 메마르지 않고 좀 눅눅한, 추위가 약간 풀린.
3. 푹석한 – 부드럽고 따스한 느낌이 있는.
4. 싸단니고 – 싸다니고.
5. 살틀하든 – 살뜰하던. 남을 위하는 마음이 자상하고 지극하던.
6. 벌인일 – 버린 일, 배신한 일.
7. 단닐것과 – 다니는 것과.

내손에는 新刊書 하나도 없는것과

그리고 그一아서라 世上事一라도 눈을

류성기도 없는것을 생각한다

그리고 이러한 생각이 내눈가를 내가슴가를

뜨겁게 하는것도 생각한다

---

8. 아서라 세상사 - 임방울의 단가 '편시춘'의 도입부 가사.
9. 류성기- 유성기. 축음기. 레코드에서 녹음한 음을 재생하는 장치.

내가 이렇게 외면하고

白 石

내가 이렇게 외면하고 거리를 걸
어가는 것은 잔풍날씨가 너무나 좋
은 탓이고
가난한 동무가 새 구두 신고 지나간
탓이고 언제나 꼭 같은 넥타이를 매
고 또 어느 사람을 사랑하는 탓이다

내가 이렇게 외면하고 거리를 걸
어가는 것은 또 내 많지 못한 월급
이 얼마나 고마운 탓이고

「내가 이렇게 외면하고」
＊여성 3권 5호(1938. 5)에 발표.
1. 잔풍날씨 – 바람이 잔잔하게 부는 상쾌한 날씨.

이렇게 젊은나이로 로맨스럽도 ㄴ

먹고는탓이고 그리고 어느 가난한

집 부엌으로 달재 생선을 진 ㅇ어

뜻밖이 젓인것은 맛도 있다는말이

작고 들려오는 탓이다.

---

2. 달재 – '달강어' 라는 생선의 방언.

물닭의 소리

三湖

白石

문기슭(詩)에 바다해ㅅ자물 까꾸로 붇인걸

산듯한 청삿자리 우에서 쩌륵쩌륵

우는 진북회를 먹어 한녀름을 보낸다

物界里

허리도티가 굵어가는 한사람을 연연해 한다

물살에 나이금이 느는 꽃조개와함께

시렇게 한녀름을 보내면서 나는 하늘이는

물밑—이 세모래 닌함박은 콩조개만 일다?

「三湖」

*『조광』4권 10호(1938. 10)에 '물닭의 소리'라는 큰 제목 하에 이하 여섯편 발표.

1. 까꾸로 - 거꾸로.
2. 산듯한 - 산뜻한.
3. 청삿자리 - 푸른 왕골로 짠 삿자리.
4. 하늘이는 - 물결 따위가 가볍게 움직이는.
5. 나이금 - 나이테.
6. 연연해 한다 - 마음에 두고 잊지 못해 한다.

「物界里」

*『조광』4권 10호(1938. 10)에 발표. '물닭의 소리'라는 큰 제목 하에 묶임.

1. 세모래 - 가는 모래.
2. 닌함박 - 이남박. 안쪽에 여러 줄의 고랑이 지게 파서 만든 함지박. 쌀 따위를 일 때에 돌과 모래를 가라앉게 한다. 물결에 고랑을 이룬 물밑의 모래층을 비유한 것이다.
3. 콩조개 - 껍데기가 콩알처럼 동그랗고 매끈하며 자줏빛을 띤 갈색의 조개로 바다 밑 진흙 또는 진흙 모래판에서 서식한다.

모래장변— 바다가 널어놓고 못믿없어 드나드는 명수필

젓구지 발뒤추으로 찢으면

날과 씨는 모두 양금줄이되어

짜랑 짜랑 울었다

大 山 洞

비애고지 비애고지는

제비야 네말이다

저건너 노루섭에 노루없드란 말이지

신미두 삼각산엔 가무대기만 나드란 말이지

비애고지 비애고지는

제비야 네말이다

푸른바다 흰한울이 좋기도 좋단말이지

해밝은 모래장변에 돌비하나 섰단말이지

---

4. 못믿없어 – 믿지 못하여. 「膳友辭」에 '믿없고'(미덥고)라는 말이 나온다.
5. 명수필 – '명주필'의 오자이다.
6. 짓구지 – 짓궂이. 짓궂게.
7. 발뒤추 – '발뒤축'의 오자이다.

「大山洞」
*「조광」 4권 10호(1938. 10)에 발표.
1. 비애고지 – 제비의 지저귐 소리로 파악된다.
2. 노루섬, 신미두, 삼각산 – 지명.
3. 돌비 – 돌로 만든 비석.

南鄕

비애고지 비애고지는

제비야 네말이다

눈빩앵이 갈매기 발빩앵이 갈매기 가란말이지

숭냥이 처럼 우는 갈매기

무서워 가란말이지

푸른 바다가의 하이얀 하이얀 길이다

아이들은 늘늘히 청대나무말을 몰고

대모풍잠한 늙은이 또요 한마리를 드리우고 갔다。

이길이다

얼마가서 甘露같은 물이 솟는마을 하이얀 회담벽에 옛적본의

장반시게를 걸어놓는집 홀어미와 사는 물새같은 외딸의 혼사

말이 아즈랑이 같이 낀곳은

「南鄕」

＊「조광」4권 10호(1938. 10)에 발표.

1. 늘늘히 – 넉넉하게. 여유있게.
2. 청대나무말 – 푸른 대나무를 어린이들이 가랑이에 넣어서 끌고 다니며 노는 죽마.
3. 대모풍잠– 대모갑으로 만든 풍잠. 풍잠은 갓모자가 넘어가지 않도록 망건당 앞쪽에 다는 반달 모양의 물건.
4. 또요 – 도요새. 강변의 습기 많은 곳에 살고 다리, 부리가 길며 꽁지가 짧음.
5. 옛적본의 – 옛날식의. 「伊豆國湊街道」에도 나오는 시어다.
6. 장반시게 – 쟁반시계. 쟁반처럼 둥근 모양의 시계.

夜雨小懷

캄캄한 비속에
새빩안 달이 뜨고
하이얀 꽃이 퓌고
먼바루 개가 짖는밤은
어데서 물외 내음새 나는밤이다

캄캄한 비속에
새빩안 달이 뜨고
하이얀 꽃이 퓌고
먼바루 개가 짖고
어데서 물외 내음새 나는 밤은

나의 정다운것들 가지 명태 노루 뫼추리 질동이 노랑나뷔 바구지꽃
모밀국수 남치마 자개집섹이 그리고 千姬바는 이름이 한없이 그리워
지는 밤이로구나

「夜雨小懷」
* 『조광』4권 10호(1938. 10)에 발표.
1. 먼바루 – 먼발치. 조금 멀리 떨어진 곳.
2. 물외 – '참외'와 구분하여 '오이'를 이르는 말.
3. 질동이 – 질흙으로 빚어서 구워 만든 동이.
4. 바구지꽃 – 박꽃.
5. 자개집섹이 – 작고 예쁜 조개껍데기들을 주워 짚신에 그득히 담아둔 것.

꼴 두 기

신새벽 들망에
내가 좋아하는 꼴두기가 들었다

갓쓰고 사는 마음이 어진데
새끼 그물에 걸리는건 어인일인가

갈매기 날어온당.

입으로 먹을 뿜는건

멫십년 도를 닦어 뛰는 소환가

「꼴두기」

* 『조광』4권 10호(1938. 10)에 발표.

1. 3연의 5행을 한 연으로 독립하면 이 시는 6연으로 나눌 수 있다. 의미와 형식을 고려해 보면 2연, 3연의 5행, 5연이 같은 의미 단락으로 전개되기 때문이다.

2. 뛰는 소환가 - 피우는 조화인가.

앞뒤로 가기를 마음대로 하는건

孫子의 兵法도 읽은것이다

갈매기 쭝얼댄다

그러나 시방 팔두기는 배창에 너부러저 새새끼같은 울음을 우는

곁에서

배시사람들의 언젠가 아홉이서 회를 처먹고도 남어 한깃씩 논아가지

고갔다는 크디큰 팔두기의 이야기를 들으며 나는 슬프다

갈매기 날어난다

---

3. 배창 – 배(船) 안의 밑바닥.
4. 깃 – 무엇을 나눌 때, 각자에게 돌아오는 한몫.

가무래기의 樂

白 石

가무락조개난 뒷간거리에

빗을 얻으려 나는 왔다

빗이안되어 가는탓에

가무래기도 나도 모도춥다

추운거리의 그도추운 능당쪽을 걸어가며

내마음은 웃줄댄다 그무슨 기쁨에 웃줄댄다

이추운세상의 한구석에

맑고 가난한 친구가 하나 있어서

내가 이렇게 추운거리를 지나온걸

얼마나 기뻐하며 락단하고

「가무래기의 樂」

* 『여성』 3권 10호(1938. 10)에 발표.
1. 가무락조개 - 백합과의 조개. 몸의 길이는 25mm 정도이고 둥근 모양이며, 껍데기는 갈색이고 가장자리는 자색이다.
2. 능당 - '능달'(응달)의 오식인 듯 하다. '능달'은 백석의 시 「국수」에 나오는 시어다.
3. 웃줄댄다 - 우쭐대다, 의기양양하여 뽐내다.
4. 락단하고 - 고어 '락닥ㅎ다'(희희낙락하고 즐겨 하다)와 관련있는 말로 보인다.
5. 그즈런히 - 가지런히. 나란히.

멧 새 소 리

첨아 끝에 明太를 말린다

明太는 꽁꽁 얼었다

明太는 길다랗고 파리한 물고긴데

파리에 길다란 고드름이 달렸다

해는 저물고 날은 다가고 볏은 서러웁게 차갑다

나도 길다랗고 파리한 明太다

門턱에 꽁꽁 얼어서

가슴에 길다란 고드름이 달렸다

「멧새소리」
* 『여성』 3권 10호(1938. 10)에 발표.
1. 첨아 – 처마. 지붕이 도리 밖으로 내민 부분.

박각시 오는 저녁

당콩밥에 가지 냉국의 저녁을 먹고나서

바가지꽃 하이얀 지붕에 박각시 주락시 붕붕 날아오면

집은 안팎 문을 횅 하니 열젖기고

인간들은 모두 뒷등성으로 올라 멍석자리를 하고 바람을 쐬이는데

풀밭에는 어느새 하이얀 대림질감들이 한불 널리고

돌우래며 팟중이 산옆이 들썩하니 울어댄다.

이리하여 한울에 별이 잔콩 마당 같고

강낭밭에 이슬이 비 오듯 하는 밤이 된다.

「박각시 오는 저녁」

*『조선문학독본』(1938. 10)에 다른 작품과 함께 수록. 원본이 아직 발견되지 않음.

1. 당콩밥 – 강낭콩을 넣어 지은 밥.
2. 박각시 – 박각싯과의 나방을 통틀어 이르는 말.
3. 주락시 – 나방의 한 종류.
4. 한불 – 한 벌. 한꺼번에. 「여우난곬」, 「黃日」에도 나오는 시어다.
4. 돌우래 – 도루래. 땅강아지과의 곤충. 『호박꽃초롱』 서시에도 나오는 시어다.
5. 팟중이 – 팥중이. 메뚜기과에 속하는 곤충으로 콩중이와 비슷한데 조금 작은 편이다.

넘언집 범같은 노큰마니

白 石

황토 마루 수무낡에 얼럭궁 덜럭궁 색동헌겁 뜯개조박 뵈짜배기 걸리
고 오쟁이 끼애리 달리고 소삼은 엄신 같은 닙세기도 열린 국수당고
개를 맞번이고 뒤수 춤을 뻘고 넘어가면 곬안에 안옥히 묵은 녕동이
묵엄 기도할 집이 한채 안기웠는데

집에는 언제나 센개같은 게산이가 벅작궁 고아내고 말같은 개들이 떠
들석 짓어대고 그리고 소거름 넘음세 구수한 속에 엿송아지 히물쩍
너들씨는데

집에는 아배에 삼춘에 오마니에 오마니가 있어서 젖먹이를 마을 청능
그늘밑에 삿갓을 씨워 한종일내 뉘어두고 김을 매려 단녔고 아이들이
큰마누래에 작은 마누래에 제구실을 할때면 종아지물본도 모르고 행길

에 아이 송장이 거적때기에 말려나가면 속으로 얼마나 부러워 하였고
그리고 끼때에는 봇두막에 박아지를 아이덜 수대로 주룬히 늘어놓고
밥한덩 이 질게한술 둘여틀여서는 먹였다는 소리를 언제나 두고 두고
하는데

일가들이 모두 범같이 무서워하는 이 노큰마니는 구덕살이같이 욱실욱
신하는 손자 증손자를 방구석에 들매나무 회채리를 단으로 쩌다두고
딸이고 싸리갱이에 갓진창을 매여 놓고 딸이는데

내가 엄매둥에 업혀가서 상사말같이 항약에 야기를 쓰면 한창 뛰는함
박곳을 밀가지 채 껶어주고 종대에 달린 제물배도 가지채 쩌주고 그리
고 애끼는 게산이 알도 두손에 쥐어 주곤 하는데

우리 엄매가 나를 갓이는 때 이 노큰마니는 어늬밤 크나큰 범이 한
마리 우리 선산으로 들어오는 꿈을 꾼 것을 우리엄매가 서울서 시집
을 온것을 그리고 무엇 보다도 내가 이 노큰마니의 당조카의 맏손자
로 난것을 다견하니 알뜰하니 깃거히 녁이는 것이었다

「넘언집 범 같은 노큰마니」

* 『문장』 1권 3호(1939. 4)에 발표.
1. 수무낡 – 시무나무. 「오금덩이라는 곧」에도 나오는 시어다.
2. 노큰마니 – 증조할머니, 혹은 그 항렬의 할머니.
3. 뜯개조박 – 뜯어진 천이나 헝겊 조각.
4. 뙤짜배기 – 베쪼가리, 천쪼가리.
5. 오쟁이 – 짚으로 쌓아 만든 섬.
6. 끼애리 – 짚꾸러미. 달걀 꾸러미처럼 짚을 길게 묶어 동인 것.
7. 소삼은 – 성글게 엮은
8. 엄신 – 상제(喪制)가 초상 때부터 졸곡(卒哭) 때까지 신는 짚신. 총을 드믄드
    문 따고 흰 종이로 총 돌기를 감았다.
9. 딥세기 – 짚신.
10. 춤을 뱉고 – 침을 뱉고.
11. 녕동 – 영동(楹棟). 기둥과 마룻대를 아울러 이르는 말.
12. 묵업기도 – 무겁기도.
13. 센개 – 사나운 개.
14. 게산이 – 거위의 방언. 「許俊」에도 나오는 시어.
15. 벅작궁 – 무리를 지어 어수선하게 떠드는 모양.
16. 고아내고 – 떠들어대고
17. 엇송아지 – 아직 다 자라지 못한 송아지.
18. 히물쩍 – 몹시 능청을 부리며 까부는 모양.
19. 너들씨는 데 – 너들대는데. 분수없이 함부로 까부는데.
20. 청능 – 청랭(淸冷). 시원한 곳.
21. 종아지물본 – 세상 돌아가는 형편. 세상 물정.
22. 주룬히 – 줄을 지어 가지런히.
23. 질게한술 – 반찬 한 술.
24. 구덕살이 – 구더기.
25. 욱실욱실 – 여럿이 한데 모여 들끓는 모양.
26. 갓진창 – 부서진 갓에서 나온 말총으로 된 질긴 끈.
27. 상사말 – 생마(生馬). 길들지 아니한 거친 말.
28. 항약 – 아니꼬운 듯 세게 콧방귀를 뀌는 모양을 '항이야'라고 한다. 이와
    관련지어 보면 순종하지 않고 떼를 쓰는 것을 뜻하는 말로 짐작된다.
29. 야기 – 주로 어린아이들이 불만스러워서 야단하는 것.
30. 종대 – 굵은 중심 가지.
31. 당조카 – 장조카. 맏조카.
32. 다견하니 – 대견하니.
33. 깃거히 – 기꺼이. 기쁘게.

童 尿 賦

白 石

봄첨날 한종일내 노곤하니 벌불 작난을 한날 밤이면 으례히 싸개동당을 지

나는데 잘망하니 누어 싸는 오줌이 넙적다리를 흐르는 따끈따끈한 맛 자

리에 쟁하니 괴이는 척척한 맛

첫 녀름 일은저녁을 해 치우고 인간들이 모두 터앞에 나와서 물외포기에 당

콩포기에 오줌을 주는때 터앞에 밭마당에 샛길에 떠도는 오줌의 매캐한 재

릿한 내음새

긴 긴 겨울밤 인간들이 모두 한잠이 들은 재밤중에 나혼자 일어나서 머

리말 쉬발같은 새끼오강에 한없이 누는 잘매럽던 오줌의 사르릉 쪼로록하

는소리

그리고 또 엄매의 말엔 내가 아직 굳은 밥을 모르던때 살같이 퍼런 망내

고무가 잘도 받어 세수를 하였다는 내 오줌빛은 이슬같이 샛맑앟기도 샛

맑았다는 것이다。

「童尿賦」
* 『문장』 1권 5호(1939. 6)에 발표.

1. 봄첨날 - '봄의 처음 날' 즉 초봄을 지칭하는 말로 볼 수도 있고, 「내가 생각
   하는 것은」에 '봄철날'이란 말이 나오는 것을 보면 '봄철날'의 오기 같기도
   하다.
2. 벌불 작난 - 들판에 불을 놓는 장난. 쥐불놀이.
3. 싸개동당 - 어린아이가 자면서 오줌똥을 가리지 못하고 마구 싸서 자리를
   온통 질펀하게 만들어 놓는 일. 이 시에서는 오줌이 몹시 마려운 상황을 나
   타냄.
4. 잘망하니 - 하는 행동이나 모양새가 잘고 얄미운.
5. 발마당에 - '밭마당에'의 오기로 보인다.
6. 매캐한 재릿한 내음새 - 흙에 오줌이 스며들어서 주위에 퍼지는 냄새를 표현
   했다.
7. 재밤중 - 한밤중.
8. 굳은 밥을 모른던때 - 젖만 먹고 자라는 아주 어릴 때.

安東 ○

異邦거리는
비오듯 안개가 나리는속에

異邦거리는
안개가른 비가 나리는속에

異邦거리는
콩기름 쪼리는 내음새속에

섧누에번디 삶는 내음새속에

異邦거리는
독기날 별으는 돌물네소리속에

되광대 켜는 되양금소리속에

손톱을 시펄하니 길우고 기나긴 창꽈쯔를
즐즐 끌고시펏다
饅頭꼬깔을 눌러쓰고 곰방대를 물고가고시
펏다
이왕이면 香내노픈 취냥혯돌배 움퍽움퍽
씹으며 머리채 츠렁츠렁 발굽을차는 꾸냥
과 가즈런히 雙馬車 몰아가고시펏다

白石
(九八)

「安東」
*『조선일보』 1939년 9월 13일에 발표. '九, 八'이라고 창작 시점 표기.
1. 安東 - 만주의 안둥. 1965년에 단둥으로 개명되었다.
2. 섧누에번디 - 산누에 번데기.
3. 독기날 - 도끼의 날.
4. 별으는 - 벼리는. 날카롭게 만드는.
5. 돌물네 - 돌물레. 물레처럼 회전하게 된 숫돌.
6. 창꽈쯔 - 장괘자(長掛子). 중국식 긴 저고리.
7. 饅頭꼬깔 - 만두 모양의 고깔.
8. 꾸냥 - 처녀를 뜻하는 중국말. 姑娘.

咸南道安

白石

高原線 終點인 이 적은 停車場엔

그렇게도 수줄대며 달가불시며 뛰어오던 뽕뽕車가

가이없이 쓸쓸하니도 우두머니 서있다

해빛이 초롱불 같이 히맑은데

해정한 모래부리 플랫폼에선

모두들 쩔쩔 끓른 구수한 귀이리茶를 마신다

七星고기라는 고기의 쩜벙쩜벙 뛰노는 소리가

쨋쨋하니 들려오는 湖水까지는

들죽이 한불 새까마니 익어가는 망연한 벌판을 지나가야 한당

「咸南道安」
* 『문장』 1권 9호(1939.10)에 발표.
1. 달가불시며 — 작은 것이 빠르게 자꾸 움직이는 모양.
2. 가이없이 — 가엾이. 불쌍하게.
3. 히맑은데 — 하얗고 맑은데.
4. 해정한 — 맑고 단정한.
5. 모래부리 — 모래가 해안을 따라 운반되다가 바다 쪽으로 계속 밀려 나가 쌓여 형성된 해안 퇴적 지형을 말하는데, 여기서는 플랫폼의 형세를 비유한 것이다.
6. 귀이리 — 귀리.
7. 쨋쨋하니 — 소리가 맑고 높은.
8. 들죽이 — 들쭉. 들쭉나무의 열매.
9. 한불 — 한 무리가. 한꺼번에.

西=行=詩=抄=(一)

"球場路"——白 石

三甲山 江쟁변엔 자갯돌에서
비멀이한 옷붙 부슝부슝 말려입고 오는
길인데
山모룽고지 하나 도는 동안에 옷은 또
함북저젓다

한二十里 가면 거리라든데
한껏 남아 걸어도 거리는 뵈이지 안는다
나는 어니 외진 山길에서 맛난 새악시
가 곱기도 하든것과
어니며 山골속에 들여다 뵈이든 쏘가리가
핡자나 되게 큰드것을 생각하며
山비에 저젓다는 말렷다 하며 오는길이다

이젠 배도 출출히 끊핫는데
어서 그 옹기항사가 온다는 거리로 들
어가면 무엇보다도 몬저 「酒類販賣業」이
라고
써부친 집으로 들어가자

그 뜨수한 구들에서
따끈한 三十五度 燒酒나 한잔 마시고
그리고 그 시래기국에 소괴를 너코 두
부를 두고 끓인 구수한 술국을 트근히
멧사발이고 왕사발로 멧사발이고 먹자

西…行…詩…抄 (二)

北新

白石

거리에서는 모밀내가 낫다
부처를 위하는 정갈한 노친네의 내음새 같튼 모밀내가 낫다
어쩐지 香山부처님이 가까웁다는 거린데
국수집에서는 농짝가튼 도야지를 잡어걸고 국수에 치는 도야지고기는 돗바늘 가튼 털이 드문드문 백엿다
나는 이 털도 안뽑은 도야지 고기를 물구럼이 바라보며
또 털도 안뽑은 고기를 시껌언 맨모밀국수에 언저서 한입에 꿀꺽 삼키는 사람들을 바라보며
나는 문득 가슴에 뜨끈한것을 느끼며
小獸林王을 생각한다 廣開土大王을 생각한다

「球場路」

*『조선일보』1939년 11월 8일에 발표. '西行詩抄 (一)'이라는 부제가 있음.
1. 쟁변 - 강변이 변한 말. 강가라는 뜻.
2. 비멀이한 - 비에 젖은.
3. 부숭부숭 - 잘 말라서 물기가 없고 부드러운 모양.
4. 모롱고지 - 모롱이의 평안도 방언.
5. 함북저젓다 - 함빡 젖었다.
6. 한겆 - 반나절.
7. 곱핫는데 - 고팠는데.
8. 트근히 - 가득히. 수북하게.

「北新」

*『조선일보』1939년 11월 9일에 발표. '西行詩抄 (二)'라는 부제가 있음.
1. 제목 '北新'은 영변군 북신현면(北薪峴面)을 가리킨다.
2. 정갈한 - 깨끗하고 깔끔한.
3. 香山부처님 - 묘향산 보현사(普賢寺) 대웅전 불상을 의미한다.
4. 돗바늘 - 매우 크고 굵은 바늘. 이 시에서는 돼지고기 털이 굵은 것을 비유함.

二西二行二詩二抄二 (三)

八院……白 石

차디찬 아침인데

妙香山行 乘合自動車는 령하니 비어서

나이 어린 겨집아이 하나가 올린다

옛말속 갗이 진진초록 새저고리를 입고

손잔등이 밧고랑처럼 몹시도 터젓다

게집아이는 慈城으로 간다고 하는데

慈城은 예서 三百五十里 妙香山百五十里

妙香山 어디메서 삼촌이 산다고 한다

째하야케 얼은 自動車 유리창밧게

內地人 駐在所長 가튼 어른과 어린아이

돌이 내임을 낸다

게집아이는 운다 느끼며 운다

터 빈인 車안 한구석에서 어느 한사람도

눈을 씻는다

게집아이는 몃해고 內地人 駐在所長집에

서

발을 짓고 걸레를 치고 아이보개를 하면서

이러케 추운 아침에도 손이 꽁꽁얼어서

찬물에 걸레를 첫슬것이다

「八院」
*『조선일보』 1939년
11월 10일에 발표.
'西行詩抄 (三)'이
라는 부제가 있음.
1. 옛말속 – 옛날 이
야기.
2. 內地人 – 일본인.
3. 내임을 낸다 – 배
웅, 환송을 한다.
4. 걸레 – '걸레'의
오자.

二西二行二詩二抄二 (四)

月 林 장………白 石

「自是東北八○粁熙川」의
緬말이 섯곳
돌능와집에 소달구지에 옛닭이
사는 장거리에
어니 근낭山川에서 덜거이 껙껙 검방지게
운다

나는 주먹다시 같은 띨냥이에 불보다도
달다는 강낭옆을 산다
그리고 물이라도 들듯이 샛노라디 샛노란
山글 마가을 벼테 눈이 시울도록 샛
노라티 샛노란 행기장 쌀을 주울으며
가쟁싫는 기쟁찰떡이 조코 기쟁갑떡이
조코 기쟁갑수가 조코 그리고 기쟁찰로
쑨 호박죽은 맛나 잇걸것날 생각하며
나는 기뿌다

초아호레 장판에
산 멧도야지 너구리각 튀튀새 낫다
또 가얌에 귀이리에 도토리묵 도토리
범벅도낫다

「月林장」
*『조선일보』 1939년 11월 11일에 발표. '西行詩抄 (四)'라는 부제가 있음.

1. 八○粁 - '八○'은 80이고 한자 '粁'(천)은 킬로미터이기에 80킬로미터라는 뜻이다. 그러니까 풋말의 내용은 이곳으로부터 동북쪽 80킬로미터 지점에 희천이 있다는 뜻이다.
2. 돌능와집 - 납작납작한 돌을 기와 대신 지붕에 올린 집. 너와집. 「山谷」에도 나오는 시어다.
3. 덜거이 - '수꿩'의 방언.
4. 검방지게 - 건방지게.
5. 튀튀새 - 개똥지빠귀. 「黃日」에도 나오는 시어다.
6. 가얌 - 개암.
7. 귀이리 - 귀리.
8. 주먹다시 - 주먹을 거칠게 일컫는 말.
9. 띨당이 - 떡덩이.
10. 마가을 - 늦가을.
11. 시울도록 - 부시도록.
12. 차랍 - '찰밥'의 방언.

木 具

白 石

五代나 날인다는 크나큰집 다 쩌글어진 돌지고방 어둑시
근한 구석에서 쌀독과 말쿠지와 숫돌과 신뚝과 그리고 낫
석과 또 열두 데석님과 친하니 살으면서

한해에 멫번 매연지난 먼 조상들의 최방등 제사에는 컴
컴한 고방 구석을 나와서 대멀머리에 외앗맹건을 질으터 맨
힌은 제관의손에 정갈히 몸을 씻고 교우 웃에 모신 신주
앞에 환한 촛불밑에 피나무 소담한 제상위에 떠 보탕 시

커 산적 나물지짐 반봉 과얼들을 공손하니 받들고 먼 후
손들의 공경스러운 절과 잔을 굽어보고 또 애끊는 동곡과
축을 귀에하고 그리고 합문뒤에는 흠향오는 구신들과 호호
히 접하는 것

구신과 사람과 넋과 목숨과 있는 것과 없는 것과 한줌흙과
한점살과 먼 넷조상과 먼 훗자손의 거룩한 아득한 슬픔을
담는 것

내손자의손자와 손자와 나와 할아버지와 할아버지의 할아
버지와 할아버지의 할아버지의 할아버지와……水原白氏 定
州白村의 힘세고 꿋꿋하나 어질고 정많은 호랑이 같은 꿈
같은 소같은 피의 비같은 밤같은 달같은 슬픔을 담는것 아
슬픔을 담는 것

「木具」
*『문장』14호(1940. 2)에 발표.
1. 들지고방 – 들문만 한쪽에 나 있는 소규모의 광.
2. 어득시근한 – 채광이 잘 안 되어 어두컴컴한.
3. 말쿠지 – 옷 따위를 걸기 위하여 벽에 박은 못.
4. 숫돌 – 칼이나 낫 따위의 연장을 갈아 날을 세우는 데 쓰는 돌.
5. 신뚝 – 신발을 올리도록 놓아둔 돌이나 나무.
6. 열두 데석님 – 열두 제석(帝釋). 민속신앙에서 무당이 모시는 열두 명의 신.
「마을은 맨천 구신이 돼서」에도 나오는 시어다.
7. 매연지난 – 만날 수 있는 인연이 지나가버린.
8. 최방등 제사 – 5대 이상 떨어진 먼 조상의 제사를 지내는 것.
9. 대멀머리 – 대머리.
10. 외얏맹건 – 오얏망건. 외씨버선이란 말처럼 망건을 오얏꽃같이 단정하게
눌러쓴 것을 말한다.
11. 제관 – 제사를 맡은 사람.
12. 교우 – 교의(交椅), 제사를 지낼 때 신주(神主)를 모시는, 다리가 긴 의자.
13. 보탕 – 제사에 쓰는, 건더기가 많고 국물이 적은 국.
14. 반봉 – 제물로 쓰는 생선 종류의 통칭.
15. 귀에하고 – 귀여겨듣고. 정신 차려서 주의 깊게 듣고.
16. 합문 – 闔門. 제사 음식을 물리기 전에 잠시 문을 닫거나 병풍으로 가리는 절차.
17. 흠향 – 歆饗. 신명(神明)이 제물을 받아서 먹음.
18. 호호히 – 깨끗하고 환하게.

수박씨, 호박씨

白　石

어진 사람이 많은 나라에 와서

어진 사람의 뜻을 어진사람의 마음을 배워서

수박씨 닦은것을 호박씨 닦은것을 입으로 앞니빨로 밝는다

수박씨 호박씨를 입에 넣는 마음은

참으로 철없고 어리석고 게으른 마음이나

이것은 또 참으로 밝고 그윽하고 깊고 무거운 마음이라

이 마음안에 아득하니 오랜 세월이 아득하니 오랜 지혜가 또 아득하니 오랜 人情이 깃

들인것이다

泰山의 구름도 黃河의 물도 옛님군의 땅과 나무의 덕도 이마음안에 아득하니 뵈이는

것이다

이 적고 가부엽고 곁족한 히고 깜안 씨가

조용하니 또 도고하니 손에서 입으로 손으로 울으날이는 때

벌에 우는 새소리도 듣고싶고 거문고도 한곡조 뜯고싶고 한 五千말 남기고 函谷關도

넘어가고싶고

기쁨이 마음에 뜨는 때는 히고 깜안 씨를 앞니로 까서 잔나비가 되고

근심이 마음에 앉는때는 히고 깜안 씨를 혀끝에 물어 까막까치가 되고

어진 사람이 많은 나라에서는

五斗米를 벌이고 버드나무아래로 돌아온 사람도

그 넓차개에 수박씨 닦은것은 호박씨 닦은것은 있었을것이다

나물먹고 물마시고 팔벼개하고 누었든 사람도

그 머리맡에 수박씨 닦은것은 호박씨 닦은것은 있었을것이다。

「수박씨, 호박씨」

*「인문평론」 9호(1940. 6)에 발표.

1. 즛 – 짓. 행동.
2. 밝는다 – 바른다. 껍질을 벗기어 속에 들어 있는 알맹이를 집어내다.
3. 가부엽고 – 가볍고.
4. 갤족한 – 갈쭉한. 폭보다 길이가 좀 긴.
5. 도고하니 – 의젓하고 단정하게.
6. 五千말 남기고 – 노자가 함곡관을 넘어 은둔하기 직전 오천자의 도덕경을 남 겼다는 고사의 인유(引喩)다.
7. 函谷關 – 중국의 허난 성(河南省) 북서부에 있는 관문. 동쪽의 중원(中原)으 로부터 서쪽의 관중(關中)으로 통하는 관문
8. 까막까치 – 까마귀와 까치를 아울러 이르는 말.
9. 오두미 – 다섯 말의 쌀이라는 뜻으로 얼마 안 되는 봉급을 이르는 말. 옛날 도연명이 쌀 다섯 말 때문에 허리를 굽힐 수 없다고 하여 벼슬을 버리고 집으 로 돌아왔다는 고사에서 유래한다.
10. 버드나무아래로 – 도연명이 집 앞에 다섯 그루의 버드나무를 심었다는 고 사를 말한 것이다.
11. 녚차개 – 옆구리에 차도록 만들어진 주머니.

北方에서
─鄭玄雄에게─

白

石

아득한 넷날에 나는 떠났다

扶餘를 肅愼을 勃海를 女眞을 遼를 金을,
興安嶺을 陰山을 아무우르를 숭가리를.
범과 사슴과 너구리를 배반하고
송어와 메기와 개구리를 속이고 나는 떠났다。

나는 그때
자작나무와 익갈나무의 슬퍼하든것을 기억한다
갈대와 장풍의 붙드든 말도 잊지않었다
오로촌이 멧돌을 잡어 나를 잔치해 보내든것도
쏠론이 십리길을 딴어나와 울든것도 잊지않었다。

나는 그때

「北方에서」
* 『문장』18호(1940. 6·7합호)에 발표. ‘鄭玄雄에게’ 라는 부제가 있다.
1. 鄭玄雄 – 백석과 같은 시대에 활동한 삽화가. 백석의 옆 모습을 그린 바 있다.
2. 扶餘, 肅愼, 勃海, 女眞, 金 – 중국 동북부와 한반도 주변에 있던 여러 옛 나라들.
3. 興安嶺, 陰山 – 흔히 만주라고 불렸던 중국 동북부의 산계와 산맥의 이름.
4. 아무우르 – 흑룡강(黑龍江)의 러시아 이름.
5. 숭가리 – 송화강(松花江)의 만주어.
6. 장풍 – ‘창포’ 의 방언.
7. 오로촌 – 북퉁구스 계통의 부족 이름.
8. 멧돌 – ‘멧돗’ 이나 ‘멧돝’ 의 오기. 멧돼지.
9. 쏠론 – 남퉁구스 족의 일파.

아모 익이지못할 슬픔도 시름도 없이

다만 게울리 먼 앞대로 떠나나왔다

그리하여 따사한 해ㅅ귀에서 하이얀 웃읋 입고 매끄러운 밧울먹고 단

밤에는 먼 개소리에 놀라나고

아츰에는 지나가는 사람마다에게 절을 하면서도

나는 나의 부끄러움을 알지못했다.

그동안 돌비는 깨여지고 많은 은금보화는 땅에 묻히고 가마귀도 긴 족

보늘 이루었는데

이러하야 또 한 아득한 새 넷날이 비롯하는 때

이세는 참으로 익이지못할 슬픔과 시름에 쫓겨

나는 나의 넷 한울로 땅으로 나의 胎盤으로 돌아왔으나

이미 해는 늙고 달은 파리하고 바람은 미치고 보래구름만 혼자 넋없

이 떠도는데

아, 나의 조상은 형제는 일가친척은 정다운 이웃은 그러운것은 사랑하

는것은 우럴으는것은 나의 자랑은 나의 힘은 없다 바람과 물과 새

별과 같이 지나가고 없다.

---

10. 앞대 – 평안도를 벗어난 남쪽지방. 백석이 이 시를 쓸 당시 만주지역인 북
    방에 위치하고 있으므로 '앞대'는 남쪽 지역인 한반도를 의미한다.
11. 해ㅅ귀 – 해가 비치는 지역.
12. 돌비 – 돌로 만든 비석.
13. 보래구름 – 작게 흩어져 떠도는 구름.

許俊

白

石

그 맑고 거룩한 눈물의 나라에서 온 사람이여

그 따마하고 살틀한 볏살의 나라에서 온 사람이여

눈물의 또 볏살의 나라에서 당신은

이 세상에 나드리를 온것이다

쓸쓸한 나드리를 단기려 온것이다

「許俊」

* 『문장』 2권 9호(1940. 11)에 발표.
1. 許俊 – 백석과 같은 시대에 활동한 평북 용천 출생의 소설가이자 백석의 절친한 친구.
2. 따마하고 – '따사하고' 의 오자.
3. 살틀한 – 아끼고 위하는 마음이 정성이 있고 지극한.
4. 나드리 – 나들이.

눈물의 또 볏살의 나라 사람이여

당신이 그 긴 허리를 구피고 뒤짐을 지고 지치운 다리로

싸움과 흥정으로 외자짓걸하는 거리를 지날때든가

추운겨울밤 병들어누은 가난한 동무의 머리맡에 앉어

말없이 무릎우 어린고양이의 등만 쓰다듬는 때든가

당신의 그 고요한 가슴안네 온순한 눈가에

당신네 나라의 맑은 한울이 떠오를것이고

당신의 그 푸른 이마에 삐여진 억개쭉지에

당신네 나라의 따사한 바람결이 스치고 갈것이다

높은산도 높은 곡다기네 있는듯한

---

5. 삐여진 – 속에서 겉으로 쑥 불거져 나온.

아니면 깊은 문도 깊은 밑바닥에 있는듯한 당신네 나라의

하늘은 얼마나 맑고 높을것인가

바람은 얼마나 따사하고 향기로울 것인가

그리고 이 하늘아래 바람결속에 퍼진

그 풍속은 인정은 그리고 그말은 얼마나 좋고 아름다울 것인가

다만 한마람 목이 긴 詩人은 안다

도스토이엡흐스키며 「죠이쓰」며 누구보다도 잘 알고 일등가는 소

설도 쓰지만

아모것도 모르는듯이 어드근한 방안에 굴어 게으르는것을 좋아하는

그 풍속을

---

6. 깊은 문도 - '깊은 물도'의 오자이다.
7. 다만 한마람, 낯설은 마람에게, 마람은 모든 것 - '마람'은 '사람'의 오자이다.
8. 어드근한 - 어두운.

사랑하는 어린것에게 엿한가락을 아끼고 위하는 안해에겐 해진옷

을 입히면서도

마음이 가난한 낯설은 마람에게 수백량돈을 거저 주는 그 인정을

그리고 또 그 말을

마람은 모든것을 다 잃어벌이고 넋하나를 얻는다는 크나큰 그말을

그 멀은 눈물의 또 볏살의 나라에서

이 세상에 나들이를 온 사람이여

이 목이 긴 詩人이 또 게산이 처럼 떠곤다고

당신은 쓸쓸히 웃으며 바독판을 당기는구려

---

9. 게산이 - 거위. 「넘언집 범 같은 노큰마니」에도 나오는 시어다.
10. 떠곤다고 - '떠든다고' 의 방언.

「호 박 꽃 초 롱」 序 詩

白

石

한울은
울파주가에 우는 병아리를 사랑한다.

우물돌 아래 우는 돌우래를 사랑한다.

그리고 또
버드나무밑 당나귀 소리를 임내내는 詩人을 사랑한다.

한울은
풀 그늘밑에 삿갓쓰고 사는 버슷을 사랑한다.

모래속에 문잠그고 사는 조개를 사랑한다.

그리고 또

「호박꽃초롱」序詩

* 강소천의 시집 『호박꽃초롱』(1941. 1).
  강소천은 함흥 영생고보 시절 백석의 제자였다. 『호박꽃초롱』의 장정은 정현
  웅이, 서문은 백석이 맡았다.
1. 한울 – 하늘.
2. 울파주 – '울바자'의 평안도 방언.
3. 돌우래 – 도루래. 땅강아지과의 곤충. 「박각시 오는 저녁」에도 나오는 시어다.
4. 임내내는 – 흉내내는.
5. 버슷 – 버섯.

두틈한 초가집웅밑에 호박꽃 초롱 혀고 사는 詩人을 사랑한다.

한울은
공중에 떠도는 힌구름을 사랑한다.

골자구니로 숨어흐르는 개울물을 사랑한다.

그리고 또
안윽하고 고요한 시골 거리에서 쟁글쟁글 햇볓만 바래는 詩人을 사랑한다.

한울은
이러한 詩人이 우리들속에 있는것을 더욱 사랑하는데
이러한 詩人이 누구인것을 세상은 몰라도 좋으나
그러나
그이름이 姜小泉 인것을 송아지와 꿀벌은 알을것이다.

---

6. 혀고 - 켜고.

歸農

白石

白狗屯의 눈녹이는 밭가운데 땅풀리는 밭가운데
촌부자 老王하고 같이 서서
밭최뚝에 즘부러진 땅버들의 버들개지 피여나는데서
별은 장글장글 따사롭고 바람은 솔솔 보드라운데
나는 땅님자 老王한테 석상디기 밭을 얻는다

老王은 집에 말과 나귀며 오리에 닭도 우울거리고
고방엔 그득히 감자에 콩곡석도 들여 쌓이고
老王은 채매도 힘이들고 하루종일 百鈴鳥 소리나 들으려고
밭을 오늘 나한테 주는것이고。
나는 이젠 귀치않은 測量도 文書도 실증이 나고
낮에는 마을놀고 낮잠도 한잠 자고싶어서。
아전노릇을 그만두고 밭을 老王한테 얻는것이다。

날은 챙챙 좋기도 좋은데
눈도 녹으며 술렁거리고 버들도 잎트며 수선거리고
저한쪽 마을에는 마둣에 닭개즘생도 들떠들고
또 아이어른 행길에 뜰악에 사람도 웅성웅성 흥성거려

「歸農」

* 『조광』7권 4호(1941. 4)에 발표.
1. 白狗屯 – 빠이꾸툰. 신경 근교의 농촌 마을.
2. 밭최뚝 – 언덕받이에 밭과 밭 사이의 경사진 부분.
3. 즘부러진 – 너저분하게 흩어져 있는. '널브러지다'와 유사한 말이다.
4. 장글장글 – 내리비치는 햇살이 아른아른 빛나면서도 따사로운 모양. 「黃日」,
   「山谷」에도 나오는 시어다.
5. 석상디기 – 석섬지기. 농지 면적의 단위.
6. 우울거리고 – 우글거리고.
7. 채매 – 채소 농사.
8. 마둣 – 말과 돼지.
9. 들떠들고 – 여럿이 들끓어서 마구 떠들고.

나는 가슴이 이무슨흥에 벅차오며
이봄에는 이밭에 감자 강냉이 수박에 오이며 당콩에 마늘과 파
도 심그리라 생각한다

수박이 열면 수박을 먹으며 팔며
감자가 앉으면 감자를 먹으며 팔며
까막까치나 두더쥐 돗벌기가 와서 먹으면 먹는대로 두어두고
도적이 조금 걷어가도 걷어가는대로 두어두고
아, 老王, 나는 이렇게 생각하노라
나는 老王을 보고 웃어말한다

이리하여 老王은 밭을 주어 마음이 한가하고
나는 밭을 얻어 마음이 편안하고
더꾹 더꾹 눈을 뜁으며 더벅더벅 흙도 덮으며
사물사물 햇볕은 녹딜미에 간지로워서
老王은 팔장을 끼고 이랑을 걸어
나는 뒤집을 지고 고랑을 걸어

밭을 나와 발둑을 돌아 내랑을 건너 햇길을 돌아
집웅에 바람벽에 울바주에 널산 쇠리쇠리한 마음을 가르치며
老王은 나귀를 타고 앞에 가고
나는 노새를 타고 뒤에 마르고

마을글 虫王廟에 虫王도 찾어뵈려 가는길이다
土神廟에 土神도 찾어뵈녀 가는길이다

---

10. 까막까치 - 까마귀와 까치.
11. 돗벌기 - 돝벌기. 돼지벌레. 식물의 뿌리나 줄기를 잘라 먹는 해충.
12. 사물사물 - 살갗에 작은 벌레가 기어가는 것처럼 간질간질한 느낌.
13. 虫王廟 - 벌레의 왕을 모신다는 사당. 해충으로부터의 피해를 줄이려는 심정으로 중국의 농민들은 충왕묘에 제사하였음.
14. 土神廟 - 토지신을 모시는 사당.

국 수

白 石

눈이 많이 와서

산엣새가 벌로 날여 멕이고

눈구명이에 토끼가 더러 빠지기도 하면

마을에는 그무슨 반가운것이 오는가보다

한가한 애동들은 여둡도록 평사냥을 하고

가난한 엄매는 밤중에 김치가재미로 가고

마을을 구수한 즐거움에 사서 은근하니 흥성흥성 들뜨게 하며

어쿤은 오는것이다

「국수」

*『문장』 26호(1941. 4)에 발표.

1. 산엣새 – 산에 사는 새.
2. 벌로 날여 멕이고 – 들로 내려와 울음소리를 내고. 「오리」에도 나오는 시어이다.
3. 여둡도록 – 어둡도록.
4. 김치가재미 – 겨울에 김치를 묻은 다음 얼지 않도록 그 위에 수수깡과 볏짚
   단으로 나무를 받쳐 튼튼하게 보호해 놓은 움막. 「개」에도 나오는 시어이다.

이것은 어늬 양지귀 혹은 능달쪽 외따른 산녘 은뎅이 예데가리밭

애서

하로밤 뽀오햔 힌김속에 접시귀 소기름불이 뿌우혀 부엌에

산멍에같은 분틀을 타고 오는것이다

이것은 아득한 넷날 한가하고 즐겁든 세월로 부터

실같은 봄비속을 타는듯한 녀름 볏속 지나서 들쿠레한 구시월

갈바람속을 지나서

대대로 나며 죽으며 나며 하는 이 마을 사람들의 으젓한

마음을 지나서 텀텀한 꿈을 지나서

집웅에 마당에 우물든덩에 함박눈이 푹푹 싸히는 여늬 하로밤

아배앞에 그 어린 아들앞에 아배앞에는 왕사발에 아들앞에는 새끼

사발에 그득히 살이워 오는것이다

이것은 그 꿈의 잔등에 업혀서 길여났다는 넷적 큰마니가

---

5. 양지귀 - 해가 잘 드는 곳.
6. 능달 - 응달.
7. 은뎅이 - 언저리.
8. 예데가리밭 - 오래 묵은 비탈밭.
9. 산멍에같은 분틀 - 이무기 같은 국수 틀. 국수 틀의 둥근 모습을 이무기가 또 아리를 틀고 있는 것에 비유함.
10. 들쿠레한 - 약간 달콤하면서 구수한.
11. 우물든덩 - 우물 두덩(가장자리의 불룩 나온 곳).
12. 살이워 - 사리어. 국수를 동그랗게 포개어 감아서. '사리'는 포개어 감은 뭉치를 말한다.

또 그 집등색이에 서서 자채기를 하면 산넘엣 마을까지 들렸다는

먼 넷적 큰 아바지가 오는것같이 오는것이다

아, 이 반가운것은 무엇인가

이 히수무레하고 부드럽고 수수하고 슴슴한것은 무엇인가

겨울밤 쩡 하니 닉은 동티미국을 좋아하고 얼얼한 댕추가루를 좋

아하고 싱싱한 산꿩의 고기를 좋아하고

그리고 담배내음새 탄수내음새 또 수육을 삶는 육수국 내음새 자

욱한 더북한 샅방 쩔쩔 끓는 아르굴을 좋아하는 이것은 무엇인가

이 조용한 마을과 이마을의 으젓한 사람들과 살틀하니 친한것은

무엇인가

이 그지없이 枯淡하고 素朴한것은 무엇인가

---

13. 큰마니 – 할머니.
14. 집등색이 – 집 등성이. 집의 높은 지대.
15. 큰 아바지 – 할아버지.
16. 동티미국 – 동치밋국.
17. 댕추 – '고추'의 방언.
18. 탄수내음새 – 목탄으로 국수 삶는 냄새.
19. 샅방 – 삿자리를 깐 방.
20. 아르굴 – 아랫목.
21. 살틀하니 – 자상하고 다정한.
22. 枯淡하고 – 속되지 않으면서도 담담한.

흰 바람벽이 있어

오늘저녁 이 좁다란방의 흰 바람벽에

어쩐지 쓸쓸한것만이 오고 간다

이 흰 바람벽에

히미한 十五燭전등이 지치운 낡은 밸빛을 내어던지고

때글은 다 낡은 무명샷쯔가 어두운 그림자를 쉬이고

그리고 또 달디단 따끈한 감주나 한잔 먹고싶다고 생각하는 내가

지가지 외로운 생각이 헤매인다

그런데 이것은 또 어인일인가

이 흰 바람벽에

내 가난한 늙은 어머니가 있다

「흰 바람벽이 있어」
*『문장』26호(1941. 4)에 발표.
1. 때글은 – 때에 그은. 때가 묻어 검게 된.

내 가난한 늙은 어머니가

이렇게 시퍼러둥둥하니 추운날인데 차디찬 물에 손은 담그고 무

이며 배추를 씻고있다

또 내 사랑하는 사람이 있다

내 사랑하는 어여쁜 사람이

어늬 먼 앞대 조용한 개포가의 나즈막한 집에서

그의 지아비와 마조 앉어 대구국을 끓여놓고 저녁을 먹는다

벌서 어린것도 생겨서 옆에 끼고 저녁을 먹는다

그런데 또 이즈막하야 어늬사이엔가

이 한 바람벽엔

내 쓸쓸한 얼골을 쳐다보며

이러한 글자들이 지나간다

나는 이 세상에서 가난하고 외롭고 높고 쓸쓸하니 살어가도

---

2. 앞대 — 남쪽, 여기서는 한반도 남쪽 바다, 통영을 의미하는 것 같다.
3. 끊여놓고 — '끓여놓고'의 오자로 보인다.
4. 이즈막하야 — 시간이 이슥하게 지나서.

뚝 떨어졌다

그리고 이세상을 살어가는데

내 가슴은 너무도 많이 뜨거운것으로 호젓한것으로 사랑으로

슬픔으로 가득찬다

그리고 이번에는 나를 위로하는듯이 나를 울력하는듯이

눈질을하며 주먹질을하며 이런 글자들이 지나간다

── 하눌이 이세상을 내일적에 그가 가장 귀해하고 사랑하는것들

은 모두

가난하고 외롭고 높고 쓸쓸하니 그리고 언제나 넘치는 사랑

과 슬픔속에 살도록 만드신것이다

초생달과 바구지꽃과 짝새와 당나귀가 그러하듯이

그리고 또 ─프랑시쓰·쨈과 陶淵明과 「라이넬·마리아·릴

케」가 그러하듯이

---

5. 호젓한 – 쓸쓸하고 외로운.
6. 울력하는듯이 – '울력'의 원래 뜻은 '여러 사람의 힘을 합하는 것'인데, 여기서는 나에게 힘을 실어준다는 뜻이다.
7. 눈질 – 눈으로 흘끔 보는 것.
8. 귀해하고 – 귀하게 여기고.
9. 바구지꽃 – 박꽃. 「夜雨小懷」에도 나오는 시어다.

촌에서 온 아이

촌에서 온 아이여
촌에서 어제밤에 乘合自働車를 타고 온 아이여
이렇게 추운데 웃동에 무슨 두룽이 같은 것을 하나 걸치고 아래두
터는 쪽 벌아벗은 아이여
뽈다구에는 징기징기 앙광이를 그리고 머리칼이 옆한 아이여
너는 오늘아츰 무엇에 놀라서 우는구나
힘을 쓸라고 벌서부터 두다려가 무둥무둥하니 살이 쩐 아이여
분명코 무슨 거줏되고 쓸데없는것에 놀라서
그것이 네 맑고 참된 마음에 분해서 우는구나
이집에 있는 다른 많은 아이들이
모도들 욕심사납게 지게굳게 닐부러 성을 돈혀서
어린아이들 치고는 너무나 큰 소리로 너무나 뒤집많은 소리로 울
어대는데

「촌에서 온 아이」
*『문장』26호(1941. 4)에 발표.
1. '웃동' – 윗동. 어떤 물체의 위쪽 부분.
2. 두룽이 – 두렁이. 어린아이의 배와 아랫도리를 둘러서 가리는 치마같이 만든 옷.
3. 뽈다구 – 볼.
4. 앙광이 – 원래는 "음력 섣달 그믐날 밤에, 잠을 자는 사람의 얼굴에 먹이나
   검정으로 함부로 그려 놓는 것"을 뜻한다. 여기서는 얼굴에 때 자국이 검게
   얼룩져 있는 것을 말한다.
5. 지게굳게 – 고집스럽게. 성질이 싹싹하지 못하고 검질기며 고집이 세어서 남
   의 말을 잘 듣지 아니함. 흔히 손아랫 사람의 태도를 두고 이름.

너만은 타고난 그 외마디소리도 스스로웁게 삼가면서 우는구나

네 소리는 조금 썩심하니 쉬인듯도 하다

네 소리에 내 마음은 방끗히 밝어오고 또 호끈히 더워오

고 즐거워온다

나는 너를 껴안어 올려서 내 머리를 쓰다듬고 힘껏 내 적은 손을

쥐고 흔들고 싶다

내 소리에 나는 촌 농사집의 지녁을 짐는때

나주벛이 가득 들이운 방안에 혼자 앉어서

실감기며 버선깍을 가지고 쓰렁쓰렁 노는 아이를 생각한다

또 녀름날 낮 기운때 어른들이 모두 벌에 나가고 령 뷔인 집 로

방에서

햇강아지의 쌀탕대는 성화를 받어가며 닭의 똥을 주어먹는 아이를

생각한다

촌에서 와서 오늘 아픔 무엇이 분해서 우는 아이여

너는 분명히 하늘이 사랑하는 詩人이나 농사군이 될것이로다

---

6. 청을 돋혀서 – 목청을 높여서.
7. 튀겁많은 – 겁많은. 취겁(脆怯: 약하고 겁이 많음)이란 말에서 왔을 것이다.
8. 썩심하니 – 썩쉼하니. 목소리가 웅숭깊고 쉰 듯한.
9. 반끗히 – "닫혀 있던 입이나 문 따위가 소리 없이 살그머니 열리는 모양"을
   '방끗이' 라고 한다. 여기서는 마음이 열리는 것을 의미한다.
10. 호끈히 – 작은 것이 뜨거운 기운을 받아 갑자기 조금 달아올라. '후끈히' 보
   다 느낌이 작은 말.

澡塘에서 (外一篇)

白

石

나는 支那나라사람들과 가치 묵욕을 한다

무슨 殷이며 商이며 越이며하는 나라사람들의 후손들과 가치

한물통안에 들어 묵욕을 한다

서로 나라가 달은 사람인데

다들 쪽발가벗고 가치 물에 몸을 녹이고 있는것은

대대로 조상도 서로 모르고 말도 제각금 틀리고 먹고입는것도 모도 달은데

이렇게 발가들벗고 한물에 몸을 씻는것은

생각하면 쓸쓸한 일이다

이 딴나라사람들이 모두 너마큼 번번하니 넙고 눈은 컴컴하니 흐리고

그리고 길쯤한 다리에 모두 민숭민숭 하니 다리털이 없는것이

이것이 나는 웨 작고 슬퍼지는 것일까

그런데 저기 나무판장에 반쯤 나가누어서

나주볕을 한없이 바라보며 혼자 무엇을 즐기는듯한 목이긴 사람은

陶然明은 저러한 사람이였을것이고

또 여기 더운물에 뛰어들며

무슨 물새처럼 악악 소리를 질으는 때며 파리한 사람은

楊子라는 사람은 아모래도 이와같었을것만 같다

나는 시방 넷날 땀이라는 나라나 衛라는 나라에 와서

내가 좋아하는 사람들을 맛나는것만 같다

이리하야 어쩐지 내마음은 갑자기 반가워지나

그러나 나는 조금 무서웁고 외로워진다

그런데 참으로 그 殷이며 商이며 越이며 衛며 땀이며하는나라사람들의 이 후손들은

엇마나 마음이 한가하고 게으른가

더운물에 몸을 불키거나 때를 밀거나 하는것도 잊어벌이고

제 배꼽은 들여다 보거나 남의 낯을 처다 보거나 하는것인데

이러면서 그 무슨 제비의 춤이라는 燕巢湯이 맛도있는것과

또 어늬바루 새악씨가 꼽기도한것 같은것을 생각하는것일것인데

나는 이렇게 한가하고 게으르고 그러면서 목숨이라든가 人生이라든가 하는것을 정말 사랑할줄아는

그 오래고 깊은 마음들이 참으로 좋고 우럴어진다

그리나 나라가 서로 닮은 사람들이

글새 어떤 아이들도 아닌데 쪽발가벗고 있는것은

어쩐지 조금 우수웁기도하다

「澡塘에서」

* 『인문평론』 16호(1941. 4)에 발표.
1. 澡塘 – 욕조. 공중목욕탕에 해당하는 한자는 '澡堂' 이다.
2. 支那 – 중국의 다른 명칭. China라는 말도 여기서 유래하였다.
3. 殷, 商, 越 – 중국 고대 국가의 이름.
4. 틈리고 – '틀리고' 의 오자로 보인다.
5. 니마 – 이마.
6. 나주볓 – 저녁 햇살.
7. 陶然明 – '陶淵明' 의 오자로 보인다. 「흰 바람벽이 있어」에서는 '陶淵明' 으로 한자가 바르게 쓰였다.
8. 楊子 – 춘추전국시대 제자백가의 한 사람. '각자 자신만을 위한다' 는 위아설(爲我說)을 주장했다 하여 맹자의 비판을 받았다.
9. 어느바루 – 어느 곳. '바루' 는 "일정한 방향이나 장소를 나타내는 말" 이다.

杜甫나 李白 같이

오늘은 正月보름이다

대보름 명절인데

나는 멀리 고향을 나서 남의나라 쓸쓸한 객고에 있는 신세로다

녯날 杜甫나 李白같은 이나라의 詩人도

먼 타관에 나서 이 날을 맞은일이 있었을것이다

오늘 고향의 내집에 있는다면

새옷을입고 새신도 신고 떡과 고기도 억병 먹고

일가친척들과 서로 몰여 즐거이 웃음으로 지날것이였만

나는 오늘 때묻은 입든옷에 마른물고기 한토막으로

혼자 외로히 앉어 이것저것 쓸쓸한 생각을하는것이다

녯날 그 杜甫나 李白같은 이나라의 詩人도

이날 이렇게 마른물고기 한토막으로 외로히 쓸쓸한 생각을 한적도 있었을것이다

나는 이제 어늬 먼 왼진 거리에 한고향사람의 조고마한 가업집이 있는것을 생각하고

이집에 가서 그 맛스러운 떡국이라도 한그릇 사먹으리라한다

우리네 조상들이 먼먼 녯날로 부터 대대로 이날엔 으레히 그리하며 오늘이

먼 타관에 난 그 杜甫나 李白같은 이나라의 詩人도

이날은 그어늬 한고향 사람의 주막이나 飯館을 찾어가서

그 조상들이 대대로 하든 본대로 元宵라는떡을 입에대며

스스로 마음을 느꾸어 위안하지 않었을것인가

그러면서 이 마음이 맑은 녯 詩人들은

먼녯날 그들의 먼 훗자손 들도

그들의 본을 따서 이날에는 元宵를 먹을것을

외로히 타관에 나서도 이 元宵를 먹을것을 생각하며

그들이 아득하니 슬펐을듯이

나도 떡국을 노코 아득하니 슬플것이로다

아, 이 正月대보름 명절인데

거리에는 오독독이 탕탕 터지고 胡弓소리 뻘뻘 높아서

내쓸쓸한 마음엔 작고 이 나라의 녯詩人들이 그들의 쓸쓸한 마음들이 생각난다

내 쓸쓸한 마음은 아마 杜甫나 李白같은 사람들의 마음인지도 모를것이다

아모려나 이것은 녯투의 쓸쓸한 마음이다

「杜甫나李白같이」
*『인문평론』 16호(1941. 4)에 발표.
1. 객고 – 객지에서 겪는 고생.
2. 타관 – 타향.
3. 억병 – 엄청나게 많이.
4. 외로혀 – 외로이.
5. 왼진 – '외진'의 오자로 보인다.
6. 가업집 – 집안에서 직접 운영하는 집.
7. 맛스러운 – 보기에 맛이 있을 듯한.
8. 飯館 – 음식점.
9. 본대로 – (본래의) 모습대로.
10. 元宵 – 정월 보름날을 원소라고 하는데 이 날 먹는 떡도 원소라고 한다.
11. 느꾸어 – 느긋하게 하여. 긴장이나 흥분을 풀어.
12. 오독독이 – 일종의 폭죽놀이.
13. 胡弓 – 바이올린 비슷한 중국의 현악기.
14. 넷투의 – 옛날 방식의.

詩

山

白石

머리 빗기가 싫다면
니가 물구 나서
머리재를 끄을구 오른다는
山이 있었다

山너머는
겨드랑이에 짓이 돌아서 장수가 된다는
더거 머리 총각들이 살아서
색씨 처녀들은 잘도 업어 간다고 했다

산 마루에 서면
멀리 언제나 눈 그물그물
그늘만 친 건넌 山에서
벼락을 맞아 바윗돌이 되었다는
큰 땅펭이 한마리
수염을 펼치고 건너다보는 것이 무서웠다

그래도 그 쉬영꽃 진달래 한가녀 핀꽃 바위너머
山 잔등에는 가지취 뻑국채 게루기 고사리 山나물판
山 나물 넘새 불썬 불썬 나는데
나는 복장 노루븐 따라 뛰였다

「山」
* 『새한민보』 1권 14호(1947. 11)에 발표.
1. 짓 - 깃. 날개.
2. 땅깽이 - 살쾡이.
3. 쉬영꽃 - 수영꽃. 마디풀과에 딸린 여러해살이풀.
4. 뻑국채 - 뻐꾹채. 국화과의 여러해살이풀.
5. 게루기 - 게로기. '모싯대'라는 식물로 초롱꽃과에 딸린 여러해살이풀. 산지에 저절로 나며 어린 잎과 뿌리는 식용한다.
6. 복장노루 - 복작노루. 고라니. 노루의 일종으로 몸의 길이는 90cm 정도로 작으며, 암수 모두 뿔이 없다.

적 막 강 산

白

石

오 어 밭에 번 배채 통이 지는 째는

샄 밭에 갈새 소리

샄에 오면 산 소리

산으로 요면 산이 들썩 산 소리 속에

나 홀로

벌로 오면 벌 소리

벌로 오면 벌이 들썩 벌소리 속에 나

홀로

산애 오면

定州 東林 九十여里 진긴 하로 길에

큰 한 밭에 떼무기 소리

산에 오면 산 소리 벌에 오면 벌 소리

잔 솔 밭에 펀거기 소리

적막 강산에 나는 있노라

벌로 오면

이산 저산 내가以前에 가지고 잇던것

논두렁에 물닭의 소리

「적막강산」

*『신천지』 2권 10호(11·12합병, 1947.12)에 발표. 시의 끝부분에 "이 原稿는 내가以前에 가지고 잇던것이다 許埈"이라는 부기가 있음. 許俊의 한자 이름이 잘못 표기되어 있다.

1. 배채 – '배채'(배추)의 오기로 보인다.
2. 통이 지는 때 – 배추의 속살이 충실히 들어차는 때.
3. 덜거기 – '수꿩'의 방언. 「月林장」에도 나오는 시어다.
4. 산으로 요면 – '산으로 오면'의 오기.
5. 벌르 오면 – '벌로 오면'의 오기.

마을은 맨천 구신이 돼서

白 石

나는 이 마을에 태어나기가 잘못이다

마을은 맨천 구신이 돼서

나는 무서워 오력을 펼수 없다

자 방안에는 성주님

나는 성주님이 무서워 토방으로 나오면 토방에는 더운구신

나는 무서워 부엌으로 들어가면 부엌에는 부뜨막에 조앙님

나는 뒤처나와 열른 고방으로 숨어 버리면 고방에는 또 시렁에 데석님

나는 이번에는 굴통 모통이로 달아가는데 굴통에는 굴대장군

얼혼이 나서 뒤울안으로 가면 뒤울안에는 곱새녕 아래 털능구신

나는 이제는 할수 없이 대문을 열고 나가려는데

대문간에는 근력 쎄인 수문장

나는 겨우 대문을 삐처나 밖앝으로 나와서

밤 마당귀 연자간 앞을 지나가는데 연자간에는 또 연자망구신

나는 고만 더겁을 하여 큰 행길로 나서서

마음 놓고 화리서리 걸어가다 보니

아아 말 마라 내 발뒤축에는 오나 가나 묻어 다니는 달갈구신

마울은 온데 간데 구신이 돼서 나는 아무데도 갈수 없다

(이 詩는 戰爭前부터 詩人이 하나 둘 써 노았든 作品뭉中의 하나도 倂給인도 내가 保管하여두었든 것이다! 許俊)

「마을은 맨천 구신이 돼서」

* 『신세대』 3권 3호(1948. 10)에 발표. 작품 끝에 "이 시는 戰爭前부터 詩人이
 하나 둘 써노았든 作品들中의 하나로 偶然히도 내가 保管하여두었든 것이
 다… 許俊"이라는 부기가 있음.
1. 맨천 – 사방(四方). 이곳 저곳 가릴 것 없이 모든 곳. 온 군데.
2. 오력 – 오금. 무릎의 구부러지는 오목한 안쪽 부분.
3. 성주님 – 가정에서 모시는 신의 하나. 집의 건물을 수호하며, 가신(家神) 가
 운데 맨 윗자리를 차지한다.
4. 디운구신 – 지운(地運)귀신. 땅의 운수를 맡아본다는 민간의 속신.
5. 조앙님 – 조왕(竈王)님. 부엌을 맡은 신. 부엌에 있으며 모든 길흉을 판단함.
6. 시렁 – 물건을 얹어 놓기 위하여 방이나 마루 벽에 두 개의 긴 나무를 가로질
 러 선반처럼 만든 것.
7. 데석님 – 제석신(帝釋神). 민속신앙에서 무당이 모시는 열두 명의 신. 한 집안
 사람들의 수명, 곡물, 의류, 화복 등에 관한 일을 맡아본다 함. 「木具」에도 나오
 는 시어다.
8. 굴통 – 굴뚝.
9. 굴대장군 – 굴때장군. 키가 크고 몸이 굵으며 살갗이 검은 귀신.
10. 얼혼이 나서 – 얼이 빠져서.
11. 곱새녕 – 초가집의 용마루나 토담 위를 지네모양으로 엮어 덮은 이엉.
12. 털능구신 – 철륜대감(鐵輪大監). 대추나무에 있다는 귀신.
13. 근력 세인 – 힘이 센.
14. 밖앝 – 바깥.
15. 연자망구신 – 연자간을 맡아 다스린다는 귀신. '연자망'은 '연자매'의 북한
 어.
16. 디겁 – 기겁. 숨이 막힐 듯이 갑작스럽게 겁을 내며 놀람.
17. 화리서리 – 마음 놓고 팔과 다리를 흔들면서 걸어가는 모습.
18. 달걀구신 – 달걀 모양으로 생겼다는 귀신.

七月백중

白石

마을에서는 세불 검을 다 매고 들에서

개장취념을 서너번 하고 나면

백중 좋은 날이 슬그머니 오는데

백중날에는 새악씨들이

생모시치마 천진피치마의 물팩치기 껑추렁한 치마에

쇠주푀적삼 항나적삼의 자지고름이 기드렁한 적삼에

한끝나게 상 나들이 옷을 있는대로 다 내 입고

머리는 다리를 서너커레씩 들여서

시뻘건 꼬둘채 댕기를 삐뚜룩하니 해 꽂고

네날백이 따백이 신을 맨발에 바꿔 신고

고개를 몇이라도 넘어서 약물터로 가는데

무썩무썩 더운 날에도 벌 길에는

건들건들 씨연한 바람이 불어 오고

허리에 찬 남갑사 주머니에는 오랫만에 돈푼이 들어 즈벅이고

광지보에서 나온 은장두에 바눌겹에 원앙에 바둑에

번들번들 하는 노리개는 스모럭 스모럭 소리가 나고

고개물 몇이라도 넘어서 약물터로 오면

약물터엔 사람들이 백재일치듯 하였는데

봉갓집에서 온 사람들도 만나 반가워하고

깨죽이며 문주며 섭가락앞에 송구떡을 사거 권하거니 먹거니하고

그러다는 때중 물을 내는 소내기를 함뿍 맞고

호주를하니 젖여서 달아나는데

이번에는 꿈에도 못잊는 봉갓집에 가는 것이다

봉가집을 가면서도 七月 그뜸 초가을을 할 때까지

평안하니 접사리를 할 것을 생각하고

해끼는 웃을 다 적시어도 비는 써원만 하다고 생각한다

(이 詩는 戰爭前부터 내가 간직하여두었던 것을 詩人에게 묻지않고 敢이

表한다 許俊)

「七月백중」
* 『문장』 속간호(1948. 10)에 발표. 작품 끝에 "이시는 戰爭前부터 내가 간직하
  여두었던 것을 詩人에겐 묻지 않고 敢히 發表한다. 許俊"이라는 부기가 있음.
1. 세불 김 - 세벌 김. 세 번 김을 매었다는 뜻이다.
2. 개장취념 - 각자가 얼마씩의 비용을 내어 개장국을 끓여먹는 놀이. 취념은
   추렴(出斂)에서 온 말.
3. 천진뙤치마 - 천진에서 생산된 가는 베로 짠 치마.
4. 물팩치기 - 무르팍까지 오는.
5. 껑추렁한 - 짧은 치마를 입어 유난히 다리가 길어 보이는 어색한 모양.
6. 쇠주뙤적삼 - 소주에서 생산된 베로 짠 적삼.
7. 항나적삼 - 명주나 모시로 성글게 짠 적삼.
8. 자지고름 - 자주색 고름.
9. 기드렁한 적섬에 - 기다란 적삼에.
10. 한끝나게 - 한껏 할 수 있는 데까지.
11. 상 나들이 옷 - 가장 좋은 나들이옷.
12. 다리 - 예전에 여자들의 머리숱이 많아 보이라고 덧넣었던 딴 머리.
13. 꼬둘채 댕기 - 머리의 다리를 얹는 데 쓰이는 빨간 댕기.
14. 네날백이 - 세로줄을 네 가닥 날로 짠 짚신.
15. 따백이 - 따배기. 곱게 삼은 짚신.
16. 무썩무썩 - 땀이 나는 모습을 그린 의태어.
17. 즈벅이고 -저벅이고, 묵직한 소리가 나고.
18. 광지보 - 광지('바구니'의 평안도 방언)를 싸 둔 보(褓).
19. 백재일치듯 - 백차일(白遮日)치듯. 백차일은 햇볕을 가리려고 치는 커다란
    흰 천막을 말하는데, 7월 백중날 흰옷 입은 사람이 많이 모인 것을 비유한
    것이다. 「연자ㅅ간」에 '채일'이란 말이 나오는 것으로 보아 '백채일치듯'의
    오기가 아닌가 짐작된다.
20. 붕갓집 - 이 말이 세 번 나오는데, '붕갓집'과 '붕가집'이란 말이 같이 쓰
    이고, 활자의 형태도 '붕'인지 '봉'인지 확실히 구분이 안된다. 문맥으로
    볼 때 '가까운 일가 친척집'만은 아니고 '친구의 집'도 포함되는 것 같다.
    한자 '朋'의 뜻을 염두에 둘 때 친하게 지내는 집안을 통칭하여 '붕가집'이
    라고 하는 것 같다.
21. 문주 - 빈대떡. 부침개.
22. 섭가락 - 나무 젓가락.
23. 송구떡을 사거 - 송구떡을 '사서'의 오기다.
24. 호주를하니 젖여서 - 호줄근하게 젖어서. 물기에 촉촉이 젖어 몸이 후줄근
    하게 되어.
25. 집사리 - 집에서 생활하는 것. 농사를 일단 끝냈으므로 여름 한철은 집에서
    편안히 지낼 수 있다고 생각하는 것.

南新義州 柳洞 朴時逢方

白 石

어느 사이에 나는 아내도 없고, 또,
아내와 같이 살던 집도 없어지고,
그리고 살뜰한 부모며 동생들과도 멀리 떨어저서,
그 어느 바람 세인 쓸쓸한 거리 끝에 헤매이었다.
바로 날도 저물어서,
바람은 더욱 세게 불고, 추위는 점점 더해 오는데,
나는 어느 木手네 집 헌 삳을 깐,
한 방에 들어서 쥔을 붙이었다.
이리하여 나는 이 습내 나는 춥고, 누긋한 방에서,
낮이나 밤이나 나는 나 혼자도 너무 많은 것 같이 생각하며,
딜옹배기에 북덕불이라도 담겨 오면,
이것을 안고 손을 쪄며 재우에 뜻 없이 글자를 쓰기도 하며,
또 문 밖에 나가디두 않구 자리에 누어서,
머리에 손깍지 벼개를 하고 굴기도 하면서,
나는 내 슬픔이며 어리석음이며를 소 처럼 연하여 쌔김질하는 것이었다.

내 가슴이 꽉 메어 올 적이며,

네 눈에 드거운 것이 핑 피일 적이며,

또 내 스스로 화끈 낯이 붉도록 부끄러울 적이며,

나는 내 슬픔과 어리석음에 눌리어 죽은 수 밖에 없는 것을 느끼는 것이 었다.

그러나 잠시 뒤에 나는 고개를 들어,

허연 문창을 바라보든가 또 눈을 더서 높은 턴정을 쳐다보는 것인데,

이 때 나는 내 뜻이며 힘으로, 나를 이끌어 가는 것이 힘든 일인 것을 생각하고.

이것들을보다 더 크고, 높은 것이 있어서, 나를 마음대로 굴려 가는 것을 생각하는 것인데,

이렇게하여 여러 날이 지나는 동안에,

내 어지러운 마음에는 슬픔이며, 한탄이며, 가라앉을 것은 차츰 앙금이 되어 가라앉고,

외로운 생각만이 드는 때 쯤 해서는,

더러 나줏손에 쌀랑쌀랑 싸락눈이 와서 문창을 치기도 하는 때도 있는데,

나는 이런 저녁에는 화로를 더욱 다가 끼며, 무릎을 꿇어 보며,

어니 먼 산 뒷옆에 바우 섶에 따로 외로이 서서,

어두어 오는데 하이야니 눈을 맞을, 그 마른 잎새에는,

쌀랑쌀랑 소리도 나며 눈을 맞을,

그 드물다는 굳고 정한 갈매나무라는 나무를 생각하는 것이었다.

「南新義州 柳洞 朴時逢方」
　*「학풍」 창간호(1948. 10)에 발표. 편집 후기에는 백석의 시집을 발간할 예정
　　이라는 말까지 나온다.
1. 바람 세인 – 바람이 세게 부는.
2. 삿 – 삿자리. 갈대를 엮어서 만든 자리. 왕골로 짠 돗자리보다 거칠다.
3. 쥔을 붙이었다 – 주인집에 붙어사는 생활을 했다.
4. 누긋한 – 메마르지 않고 눅눅한.
5. 딜웅배기 – 질흙으로 만든 옹자배기.
6. 북덕불 – 북데기(짚이나 풀, 나무 부스러기 등이 함부로 뒤섞여 엉클어진 뭉
　　텅이)로 피운 불.
7. 쌔김질 – 새김질. 반추.
8. 나줏손 – 저녁 무렵.
9. 바우 섶 – 바위 옆.
10. 갈매나무 – 갈매나뭇과의 낙엽 활엽 관목. 높이는 2~5미터이며, 가지에 가
　　　시가 있다. 이 시에서는 시적 화자의 외로움과 상실감을 이겨내게 하는 상
　　　징적 사물로 등장한다.

백석 시의 개작 양상과 원본 오류의 수정

이지나

I. 머리말

현재까지 알려진 백석의 작품은 그의 시집인 『사슴』에 수록된 시 33편과 기타 신문과 잡지 등에 실린 시들을 합쳐 110여 편에 이른다. 백석의 시는 1988년 재북 시인에 대한 해금 조치로 뒤늦게 조명을 받았음에도 불구하고, 40여종의 시집이 발간되었고, 고등학교 국어 교과서에도 수록되었다. 백석 시의 위상은 작품에 대한 수많은 연구를 통해서도 알 수 있다.

그러나 백석 시에 대한 대중적, 학문적 관심에도 불구하고, 시의 올바른 이해와 연구에 가장 기본이 되는 결정본이 확정되지 않아 혼란이 야기되고 있다. 동일한 시가 독자와 연구자들에게 서로 다른 표기로 소개되는 등 문제가 드러나고 있는 것이다.

시의 경우 사소한 어구 차이에서 기인한 해석상의 이견(異見)이

전반적인 시의 주제에 대한 논쟁으로 발전하기도 한다. 그렇기 때문에 백석 시의 결정본이 확정되면 연구자들이 한 작품을 동일하게 인용하는 일이 가능해지고, 불필요한 해석상의 실수도 줄일 수 있으며, 작품에 대한 심층적 탐구가 이루어질 수 있다.

본고에서는 원본, 즉 신문이나 잡지에 처음 발표된 백석의 시들과 『사슴』에 수록된 백석 시를 살펴보고 『사슴』에 재 수록된 작품의 경우 개작의 의미를 살펴보고자 한다. 그리고 원본에 오류가 있을 시 이를 지적해보고자 한다.

2. 개작 양상과 그 의미

백석의 경우 개작의 과정을 살펴볼 수 있는 작품의 수는 한정되어 있다. 신문이나 잡지에 게재한 후 시집 『사슴』에 옮겨 수록한 작품은 총 8편이다. 『사슴』 발행 후 잡지나 신문에 시를 많이 발표했지만 이후 다시 시집을 발간하지 않았기 때문에 여기에서 살펴볼 수 있는 시는 『사슴』에 수록된 「定州城」, 「山地」, 「酒幕」, 「비」, 「여우난곬族」, 「統營」, 「흰밤」, 「古夜」 등이다.[1] 「山地」는 시집 『사슴』에 실릴 때 「三防」이란 제목으로 개작되었으며 내용 또한 많은 변화를 보였다.

---

1. 『사슴』 발행 이전에 발표한 작품 수는 9편이다. 여기에서 언급한 8편 외에 「나와 지렁이」는 『사슴』에 실리지 않았다.

백석의 개작을 면밀하게 고찰함으로써 백석의 의도를 자연스럽게 추론할 수 있다. 본 연구에서는 시어가 교체되어 의미의 변화를 초래한 경우, 시의 행과 연 조절, 띄어쓰기로 의미의 변화가 촉발된 경우, 시집에 수록될 때 전면 개작된 「山地」와 「三防」 두 작품을 비교하여 검토한다. 「酒幕」과 「힌밤」의 경우는 맞춤법의 차이만 드러나기에 다루지 않았다.

(1) 시어 교체

① 비

백석의 시 「비」는 2행의 짧은 시이지만 먼저 발표한 잡지본과 두 달 후에 출간된 시집본 사이에 차이가 드러난다. 1935년 11월 『조광』 1권 1호에 발표할 때의 '어데로부터'라는 시어는 1936년 1월 시집 『사슴』을 간행하면서 '어데서'로 교체되었다. 아래 밑줄 친 부분이 잡지본과 시집본 사이의 차이점을 표시한 것이다.

> 아카시아들이 언제 힌두레방석을 깔었나
> **어디로부터** 물쿤 개비린내가온다
> > 「비」, 『조광』 1권 1호, 1935.11

> 아카시아들이 언제 힌두레방석을깔었나
> **어데서** 물쿤 개비린내가온다
> > 「비」, 『사슴』, 1936.1.

단 2행의 시이지만 언어 사용을 절제하여 비가 내린 정경의 선명한 이미지가 돋보인다. 시각과 후각의 이미지를 통해 비가 내린 정경을 묘사하고 있는 이 시에 정작 비에 대한 언급은 없다. 하지만 '흰두레방석'이라는 비유와 '개비린내'라는 시어는 모두 '비'에 의거한다. 1행은 하얀 아카시아 꽃잎이 비를 맞아 나무 주위에 떨어져 있는 모습을 '흰두레방석'이라는 어휘를 통해 시각적으로 형상화하고 있다. 2행은 흙에 비가 내려서 냄새가 나는 것을 '개비린내'라고 후각적으로 묘사하였다. 또한 '물쿤'[2]을 사용하여 냄새가 진하게 훅 끼쳐오는 듯한 후각적 인상을 남기고 있다. 음감적 측면을 고려한다면 '어디로부터'를 쓰면 '물쿤'의 격음이 중복되는 반면 '어데서'는 '물쿤'과 유연하게 연결된다. 시인의 의도를 짐작할 수 있는 시어 교체이기 때문에 결정본에서는 '어데서'로 표기해야 할 것이다.

---

2. '물쿤'이라는 시어는 백석의 다른 시 「夏畓」에서도 사용되었다.

> 게구멍을쑤시다 **물쿤하고** 배암을잡은늪의 피같은물이끼에 해볕이 따그웠다
>
> 「夏畓」부분

'물쿤'은 두 가지 뜻이 있는데 우선 '냄새 따위가 한꺼번에 확 풍기는 모양'이라는 뜻으로 바로 「비」에서의 의미이다. 또 다른 뜻은 '연하고 부드러운 느낌이 날 정도로 물렁한 모양'의 의미인데 「夏畓」에서의 의미이다.(국립국어연구원 편, 『표준국어대사전』, 두산동아, 1999.) 두 시에서 사용된 '물쿤'의 공통적인 느낌은 '강하지만 기분이 좋지 않은'이라고 할 수 있다.

② 「統營」

이 시는 경상남도 통영의 풍정을 그리고 있다. 통영은 통제사가 있을 만큼 커다란 항구였는데 백석이 그곳에 갔을 때는 옛 영화(榮華)가 사라진 낡은 항구였다. 거기에 '천희'라는 이름의 처녀들이 많았는데 그들은 미역줄기, 굴 껍질처럼 몸과 마음이 바짝 말라, 떠나가는 남자들을 잡지도 않고 말없이 사랑하다가 사라진다. 시적 화자는 '천희' 중의 한 명을 어느 주막의 마루방에서 만나게 된다.

「統營」에서는 두 어휘가 바뀌며 개작이 이루어졌다. 아래 밑줄 친 부분이 잡지본과 시집본 사이의 차이점을 표시한 것이다.

> 녯날엔 統制使가있었다는 낡은港口의 처녀들에겐 녯날이가지않
> 은 千姬라는 이름이많다
> 미역오리같이말라서 굴껍지처럼말없이사랑하다죽는다는
> 이千姬의하나를 나는어늬오랜客主집의 생선가시가있는마루방에
> 서맞났다
> 저문六月의 바다가에선 조개도울을저녁 소라방등이붉으레한**뜰**
> 에 김냄새나는 **실비**가날였다
> 　　　「統營」, 『조광』, 1935.12.

> 녯 날엔 統制使가있었다는 낡은港口의처녀들에겐 녯 날이가지않
> 은 千姬라는이름이많다
> 미역오리같이말라서 굴껍지처럼말없시 사랑하다죽는다는
> 이千姬의하나를 나는어늬오랜客主집의 생선가시가있는 마루방에서맞
> 났다

저문六月의 바다가에선조개도울을저녁 소라방등이붉으레한**마당**에 김 냄새나는**비**가날렸다

「統營」, 『사슴』, 1936.1.

'뜰'은 '마당'으로 '실비'는 '비'로 시어가 교체되었다. 과거에는 영화를 누렸으나 지금은 낡은 항구의 모습만이 남은 통영과 그 곳에서 살아가는 생기 없는 '천희'들의 풍경을 보여주는 이 시에서 '뜰'이 '마당'으로 '실비'가 '비'로 교체되어 시의 암울한 분위기 형성에 일조한다. 사전적 의미로 뜰은 집 앞이나 집 뒤에 정원과 같은 공간이 있는 곳이다. 적어도 맨 땅은 아니고 풀이라도 있는 공간을 뜰이라 한다. 반면 마당에는 맨 땅의 공간이 반드시 존재한다. 마당놀이, 마당쇠와 같은 단어를 통해서도 알 수 있듯이 아무 것도 없이 편편하게 닦아놓은 빈 땅을 의미한다. '실비'는 부드러우며 촉촉한 느낌을 주나, '비'는 척박한 삶을 강조하며 진한 '김냄새'를 불러온다. 이와 같이 '마당'과 '비'는 하나의 쌍을 이루어 낡은 항구인 통영의 분위기와 그 곳에서 생을 지속하는 '천희'와도 잘 어울려 시의 암울한 정조를 부각하고 있다.

③ 「古夜」

「古夜」는 1936년 1월 『조광』지에 실렸고 같은 해 같은 달 『사슴』이 출판되었다. 다음은 『조광』과 『사슴』의 차이이다. 밑줄 친 부분은 잡지본과 시집본 사이의 차이점을 표시한 것이다.

내일같이명절날인밤은 부엌에쩨듯하니 불이밝고 솥뚜껑이놀으며 구수한내음새 곰국이무르끓고 방안**에는** 일가집할머니**도**와서 마을의소문을펴며 조개송편에 달송편에 쥔두기송편에 떡을빚는곁에서 나는 밤소 팥소 설탕든콩가루소를먹으며 설탕든콩가루소가 가장맛있다고 생각한다.

나는 얼마나반죽을 주물으며 힌가루손이되어 떡을 빚고 싶은지 모른다

「古夜」부분, 『조광』, 1936.1.

내일같이명절날인밤은 부엌에 쩨듯하니 불이밝고 솥뚜껑이놀으며 구수한내음새 곰국이 무르끓고 방안**에서는** 일가집할머니**가**와서 마을의소문을펴며 조개송편에 달송편에 쥔두기송편에 떡을빚는곁에서 나는밤소 팥소 설탕든콩가루소를먹으며 설탕든콩가루소가가 장맛있다고생각한다

나는얼마나 반죽을주물으며 힌가루손이되여 떡을빚고싶은지모른다

「古夜」부분, 『사슴』, 1936.1.

최초 발표본의 '방안**에는** 일가집할머니도와서'라는 시구가 '방안**에서는** 일가집할머니가와서'로 교체되었다. 조사 '-에'와 '-에서'는 뒤에 오는 동사에 차이가 있다. '-에' 뒤에는 존재 여부와 관련한 내용이 오고 '에서' 뒤에는 동작이 온다. 예를 들면 '방**에** 있다 / 방**에서** 잔다', '방**에** 누워 있다 / 방**에서** 공부하고 있다'가 가능하다. '누워 있다'는 동작이라기보다는 '자세'라는 상태의 표현이라서 '-에'가, '공부하고 있다'는 동작이기에 '-에서'가 자연스럽다. 즉

'방안에서는 일가집할머니가와서 마을의소문을 펴며' 와 연결되는 동작은 '떡을빚는' 이 된다. 명절 전날에 여러 사람들이 모여 음식을 준비하는 가운데 일가집 할머니가 마을의 소문을 이야기하면서 떡을 빚고 있는 풍경을 그리고 있는 이 부분에서 '-에서는' 으로 시어가 교체되어 자연스럽게 연결되고 있다.

'일가집할머니도와서' 가 '일가집할머니가와서' 로 '-도' 가 '-가' 로 교체된 의미는 다음과 같다. '-도' 는 관형사를 제외한 각 품사의 여러 형태에 두루 붙어 여러 격으로 쓰이는 보조사로 '또한, 역시' 의 의미인 반면 '-가' 는, 앞말이 주어의 자격을 가지게 하는 주격조사로 강조의 의미로 사용되기도 한다. 그렇기 때문에 '일가집할머니도' 와 '일가집할머니가' 는 조금 의미가 다르다. '일가집할머니도' 가 되면 다른 사람 외에 일가집 할머니까지라는 의미가 있다. '일가집할머니가' 가 되면 그 사람이 왔다는 것을 강조하게 된다. 의미론적으로는 전자가 좀 시끌벅적한 분위기, 풍성한 느낌이 있을 수 있다. 반면 일가집 할머니가 주체적으로 나선 소란스런 모습을 형상화하기 위해서는 '-가' 라는 조사가 더 어울린다. 아마 시적 화자의 기억 속에 소문을 퍼뜨리기 좋아하는 '일가집할머니' 가 있었고 그것을 강조하고자 한 것 같다.

④ 「여우난곬族」

「여우난곬族」은 명절날 일가들이 하나의 가족 공동체로 어우러지는 정경을 토속적 시어를 사용하여 재현하고 있는 작품이다. 다음은 어린아이들의 다양한 유희를 열거하고 있는 부분이다. 저녁을 먹은 아이들은 외양간 옆 밭마당에 달린 배나무 동산에서 다양한 놀이를 하며 즐거운 한 때를 보낸다.

> 명절날나는 엄매아배따라 우리집개는나를따라 **진할마니진할아**
> **바지**가있는큰집으로 가면
> (중　략)
> 저녁술을놓은아이들은 외양간섶 밭마당에달린 배나무동산에서
> **고양이잡이**를하고 숨굴막질을하고 꼬리잡이를하고 가마타고시집
> 가는노름 말 타고장가가는노름을하고 이렇게 밤이어둡도록 북적하
> 니논다
> 「여우난곬族」 부분, 『조광』, 1935.12.

> 명절날나는 엄매아배따라 우리집개는 나를따라 **진할머니 진할아**
> **버지**가있는 큰집으로가면
> (중　략)
> 저녁술을놓은아이들은 외양간섶 밭마당에달린 배나무동산에서**쥐**
> **잡이**를하고 숨굴막질을하고 꼬리잡이를하고 가마타고시집가는노
> 름 말타고장가가는노름을하고 이렇개 밤이어둡도록 북적하니논다
> 「여우난곬族」 부분, 『사슴』, 1936.1.

「여우난곬族」은 두 개 시어가 교체되었다. 첫째 『조광』에 발표되었을 때는 1연의 '진할마니진할아바지' 가 『사슴』에 옮겨지며 '진할머니 진할아버지' 로 교체되었다. 또한 '고양이잡이' 라는 이름의 유희가 시집 『사슴』에 옮겨지며 '쥐잡이' 로 이름이 바뀌었다. '쥐잡

이'란 한 장의 손수건을 쥐 모양으로 접어서 그것을 돌려가며 누가
잡는가 하며 노는 아이들의 유희이다.

(2) 시 형태의 변화

① 연의 변화

「여우난곬族」은 명절날 일가들이 모여 하나의 가족 공동체로 어
우러지는 정경을 토속적 시어를 사용하여 재현하고 있다. 첫 발표
지와 시집의 가장 큰 차이는 연의 변화이다. 『조광』(1935.12.)에서
는 총 8연이었던 시가 『사슴』에 수록되며 4연으로 조정되었다.

『조광』에서 2, 3, 4, 5연에 걸쳐 '신리고무' 가족, '토산고무' 가
족, '큰곬고무' 가족, '삼춘' 가족을 소개하였는데 『사슴』에서는 이
들을 모두 2연으로 통합하고, 가족 단위로 행만 나누었다. 그리하
여 온 가족이 '그득히들' 모인 명절의 흥성한 분위기를 한껏 고조
시키고 있다. 또한 『조광』에서 7, 8연에 걸쳐 아이들의 다양한 놀이
를 열거하는 부분이 『사슴』에서는 한 연으로 통합되었다. 이러한
개작을 통해 1연은 시간적, 공간적 배경을, 2연은 여우난골족 개개
인의 생생한 묘사를, 3연은 새 옷과 음식을 통한 명절날의 풍요로
움을, 4연은 아이들의 다양한 놀이 및 음식을 만드는 명절의 즐겁
고 행복한 공간을 보여주어 전체적으로 시 구조의 안정성을 획득하
고 있다.

② 띄어쓰기의 변화

잡지나 신문에 발표된 작품들이 『사슴』에 재 수록될 때 띄어쓰기
에 변화가 생긴 경우가 보인다. 일반적인 맞춤법에 기준을 두었다
기보다 시인의 의도에 따라 띄어쓰기를 한 것으로 보인다.

「定州城」은 1935년 8월 31일 조선일보에 발표되었는데 백석의
시 중 공식적으로 발표된 최초의 시이다. 『사슴』의 '국수당넘어' 편
에 재 수록된 이 작품에서는 정주성의 황폐화된 모습과 외롭고 쓸
쓸한 정서가 드러난다. 개작의 과정을 거치며 띄어쓰기에 큰 차이
를 보인다.

山턱 원두막은 뷔엿나 불비치외롭다
헌겁심지에 아즈까리 기름의 쪼 는소리가 들리는듯하다

잠자리 조을든 문허진城터
반디불이난다 파 란魂들갓다
어데서 말잇는듯이 크다란 山새 한머리가 어두운 골작이로 난다

헐리다 남은城門이
한울빗가티 훤 하다
날이밝으면 또 메기수염의늙은이가 청배를팔러 올것이다
　　　　　　　　　(八月二十四日)
　　　　　　　「定州城」, 1935. 8. 31. 『조선일보』

山턱원두막은뷔엿나 불빛이외롭다

헌깁심지에 아즈까리기름의 쪼는소리가들리는듯하다

잠자리조을든 문허진城터

반디불이난다 파란魂들같다

어데서말있는듯이 크다란山새한마리 어두운 곬작이로난다

헐리다남은城門이

한을빛같이훤하다

날이밝으면 또 메기수염의늙은이가 청배를팔려 올것이다

　　　　「定州城」, 『사슴』

　개작을 통하여 맞춤법은 정돈되었지만 띄어쓰기는 오히려 비문법적으로 되었음을 알 수 있다. 예를 들면 '크다란 山새 한머리가'는 '크다란山새한마리'로 띄어쓰기가 무시되고 주격 조사 '-가'가 생략된 축약적 형태를 보인다. 『조선일보』에 발표했을 때는 띄어쓰기가 정돈된 형태인데 비해 『사슴』에서는 의도적으로 띄어쓰기를 지양하고 있다. 즉 『사슴』으로 옮기면서 여러 어절을 하나로 묶고 있다. 리듬이 가지런하고 질서 정연하지는 않지만 낭독의 운율감을 살리고 있다. 그래서 띄어쓰기는 호흡의 단위와 일치하면서 의미 변별의 기능을 한다.

　『사슴』에 수록된 「定州城」의 띄어쓰기에 의한 시각적 구분은, 품사 구분을 위한 것이 아니라 리듬의 마디를 형성하는 기능을 한다. 즉 눈으로 보는 시보다는, 입으로 낭송하는 시로서 기능하는 것이다.[3]

「비」에도 띄어쓰기의 변화가 보인다. 아래 밑줄 친 부분이 잡지본
과 시집본 사이의 차이를 표시한 것이다.

아카시아들이 언제 **힌두레방석을 깔었나**
어디로부터 물쿤 개비린내가온다
　　　　　「비」, 『조광』 1권 1호, 1935.11.

아카시아들이 언제 **힌두레방석을깔었나**
어데서 물쿤 개비린내가온다
　　　　　「비」, 『사슴』, 1936.1.

　잡지 『조광』에 실렸을 때는 띄어쓰기가 제대로 되었던 부분이 비
문법적 형태로 바뀌었다. 개작 후에 1행과 2행은 3마디 형식으로
되었다. 이는 「定州城」의 개작과 같이 음율을 염두에 둔 결과라고
볼 수 있다. 시를 읽을 때 백석의 의도적인 띄어쓰기를 염두에 두고
그것에 맞추어 읽어야 할 것이다. 고형진[4]과 김응교[5]는 백석 시의
독특한 띄어쓰기가 시어와 운율에 영향을 미치기 때문에 백석의 시

---

3. 이경수는 이를 호흡의 시각화로 설명한다. 즉 시(詩)와 가(歌)가 분리되며 현
　대시에 와서 소리내어 읽는 낭독의 방식이 아닌 눈으로 읽는 묵독의 방식이
　일반화되어 이와 함께 시각적인 표지가 현대시에서 중요해졌기 때문이라고
　해석한다. 이경수, 『한국현대시의 반복과 미학』, 월인, 2005, 76쪽.
4. 고형진, 「방언의 시적 수용과 미학적 기능」, 『동방학지』, 2004, 299쪽.
5. 김응교, 「백석 모닥불의 열거법 연구: 백석 시 연구(1)」, 『현대문학의 연구』
　제 24집, 2004, 287쪽.

를 인용하거나 연구할 때는 현대어 표기법으로 표기된 판본이 아니라 발표 당시 원본을 확인해야 한다고 지적하였다.

(3) 전면 개작

1935년 11월 『조광』 1권 1호에 발표된 「山地」는 그 다음 해인 1936년 1월 시집 『사슴』에 수록되면서 「三防」으로 제목이 바뀌고 전면적으로 개작되었다. 7연 14행인 「山地」는 3연 3행의 「三防」으로 대폭 축소되었다. 「三防」은 「山地」의 2연, 3연, 4연, 6연이 삭제되고 나머지 1연, 5연, 7연만 남은 형태이다.

갈부던같은 藥水터의山거리
旅人宿이 다래나무지팽이와같이 많다

시내ㅅ물이 버러지소리를하며 흐르고
대낮이라도 山옆에서는
승냥이가 개울물 흐르듯 운다

소와말은 도로 山으로 돌아갔다
염소만이 아직 된비가오면 山개울에놓인다리를건너 人家근처로
뛰여 온다

벼랑탁의 어두운 그늘에 아츰이면
부헝이가 무거웁게 날러온다
낮이되면 더무거웁게 날러가버린다

山넘어十五里서 나무뒝치차고 싸리신신고 山비에촉촉이 젖어서
藥물을 받으러오는 山아이도있다

아비가 앓른가부다
다래먹고 앓른가부다

아래ㅅ마을에서는 애기무당이 작두를타며 굿을하는때가 많다
　　　　「山地」, 『조광』 1권 1호, 1935.11.

갈부딘같은 藥水터의山거리엔 나무그릇과 다래나무짚팽이가
많다

山넘어十五里서 나무뒝치차고 싸리신신고 山비에촉촉이젖어서
藥물을받으려오는 두멧 아이들도있다

아레ㅅ마을에서는 애기무당이 작두를타며 굿을하는때가많다
　　　　「三防」, 『사슴』, 1936.1.

개 작 된　사 항		
「山地」연	「三防」연	「山地」(『조광』, 1935.11) → 「三防」(『사슴』, 1936.1)
1연	1연	2행 → 1행 산거리 → 산거리엔 여인숙 → 나무그릇 지팽이 → 짚팽이 문장구조 : '-이(가)-와(과)같이 많다' → '-과- 가많다'

2, 3, 4	삭 제	
5연	2연	산비에촉촉이 젖어서 → 산비에촉촉이젖어서 약물을받으러오는 → 약물을받으려오는 山아이 → 두멧아이들
6연	삭 제	
7연	3연	굿을하는때가 많다 → 굿을하는때가많다

제목도 바뀌고 전체적인 틀도 바뀐 두 작품 모두 깊은 산 속 약수
터와 약수를 구하러 오는 아이를 시적으로 형상화하고 있다.

바뀐 제목부터 살펴보면, '山地'가 산 속 어느 곳에나 있는 장소
를 지칭하는 일반 명사인데 비해 '三防'[6]은 함경남도의 유명한 약
수터를 지칭하는 고유명사이다. '山地'라는 막연한 시어를 버리고
'三防'이라는 보다 구체적이고도 인지도가 높은 실제 지명을 사용
하였다. 이는 '藥水터', '藥물'과 같이 '약(藥)'으로서의 효험을 사
실적으로 입증하고자 한 의도라 할 수 있다.

몇몇 시어가 교체되며 내용도 바뀌었는데 우선 「山地」의 약수터
는 여인숙이 많다고 한 것에 비해 「三防」은 나무그릇과 다래나무
지팡이가 많다라고 하였다. 이는 「三防」이 보다 깊은 산중이거나

<hr>

6. 북한에서 고유명사로 사용되는 '三防 약수'는 쇠 맛과 탄산수를 섞은 듯한
남한의 오색약수와 비슷한 맛이 나는 유명 약수 중 하나이다. '三防 약수'에
대해 이호철은 다음과 같이 적었다. "(전략) 석왕사 그리고 삼방(三防)의 약
수가 유명하여, 20년대의 소위 명사였던 춘원 이광수는 휴양지로서 이곳을
가장 애용했었다. 나도 국민학교 3학년 때 첫 수학여행을 비롯해 월남하기
전까지 걸핏하면 이곳을 찾았었고, 그 짜릿한 약수 맛은 지금 이 순간에도
혀끝을 감돈다."(이호철, 「산 울리는 소리」, 정우사, 1994, 23쪽.)

좀 더 인적 없는 약수터라는 공간적인 상황을 드러내고 있다. '山아이' 가 '두멧아이들' 로 바뀌어 한자어 '山' 이 '두멧' 으로, 단수였던 '아이' 가 복수인 '아이들' 로 교체되었다. 「山地」에서는 부대상황의 언급이 많아 '山아이' 가 부각되지 않지만 「三防」에서는 조용한 깊은 산속에 약수를 받으러 온 '두멧아이들' 의 모습이 두드러진다. 「三防」에서 '山아이' 가 복수인 '두멧아이들' 로 교체된 것은 그러한 삶이 한 아이에게만 적용되는 것이 아니라 일반화된 모습일 수 있다는 것을 강조하고자 한 시인의 의도로 보인다.

시인은 「三防」으로 개작하면서 7연의 시를 3연으로 압축하여 군더더기를 제거하고 작품의 응집력을 높이고자 하였다. 또한 객관적 관찰묘사를 강조하였다. 개작으로 삭제된 「山地」의 2, 3, 4연에는 주관적 감정이 개입되었고 6연에서는 미숙한 표현이 보인다. 2, 3, 4연의 '버러지소리를하며 흐르고', '무거웁게 날러온다', '더무거웁게 날러가버린다' 등은 시적 화자의 정서와 추측을 직접 혹은 간접적으로 드러내어 개작 과정에서 삭제된 것으로 추측된다. '앓른가부다' 라는 표현이 반복된 6연의 미숙하고 감정적인 표현도 삭제되었다. 이로 인해 산발적으로 늘어놓은 듯한 이미지가 간결하고 세련된 형태의 3연으로 정리되었다. 시적 화자의 상상이나 감정이 지나치게 개입된 시행들을 삭제하고 불필요한 반복을 줄여 외형적으로 완결된 모습을 보이면서 내용의 응집력을 높이고 있다.[7]

김재용 편 『백석전집』에서는 「三防」가 「三防」의 개작 전 작품이

---

7. 곽봉재는 개작의 의미에 대해 "현실적 요소나 부정적 요소를 제거하여, 타락

라 백석의 개작 의도를 살려 「三防」를 수록하지 않았다. 「三防」이 「三防」의 개작임이 분명하고 개작의 의도도 드러나기 때문에 '三防'만을 전집에 수록하는 것도 의미가 있다. 그렇지만 「三防」에서 「三防」으로 개작될 때 많은 부분이 변형되었기 때문에 개작 이전의 실체를 보여준다는 의미에서 결정본 시 전집에서는 「三防」이 「三防」의 개작임을 설명하고 두 편을 모두 싣는 게 좋겠다.

한 분위기의 약수터 주변 풍경을 순화"시키기 위함이라 했다. (곽봉재, 「백석 문학 연구」, 경희대학교 박사학위논문, 1999, 40쪽.) 이 의견에 대해서는 의 문의 여지가 있다. '여인숙'이라는 시어가 '타락한 분위기'만을 가진다고 할 수 없기 때문이다.

3. 원본 오류의 수정

오자가 시의 이해나 해석에까지 영향을 미치곤 한다. 백석의 경우도 최초 발표본인 원본에서 오자가 발견된다. 몇몇 오자는 다른 대상을 지칭하는 것으로 오해되는 등 의미 소통을 방해하기도 한다. 작품에 영향을 주는 오자를 바로잡아야 작품의 올바른 해석과 감상이 가능하다.

(1) 작품 이해에 영향을 주는 오자 수정

① 「오리망아지토끼」

다음은 「오리망아지토끼」의 3연이다. 나무하러 가는 아버지를 따라 산에 가서 토끼를 잡으려 했으나 매번 토끼를 놓치는 어린 화자의 모습을 그리고 있다.

> 새하려가는아배의지게에 **치워** 나는山으로가며 토끼를잡으리라고 생각한다
> 맞구멍난토끼굴을아배와내가막어서면 언제나 토끼새끼는 내다리아레로달어났다
> 나는 서글퍼서 서글퍼서 울상을한다
> 　　　　「오리망아지토끼」 부분, 『사슴』

1행의 '치워'의 기본형 '치우다'는 '치다'의 사동사로 '돼지를 치다, 누에를 치다, 초를 치다'의 용례로 사용된다. 반면 '지우다' 는 '물건을 짊어서 등에 언다'[8]라는 뜻의 '지다'의 사동사이다. 『평 북방언사전』에서도 '지우다'의 뜻은 위와 같다. '새하려가는'은 '나무를 하러 가는'이란 뜻이므로 '새하려가는아배의지게에치워' 는 나무하러 가는 아버지의 빈 지게 위에 얹혀 산으로 가는 어린 화 자의 모습을 형상화하고 있다. 그렇기 때문에 '치워'는 '지워'의 오 식으로 보인다.

② 「寂境」

> 신살구를 잘도먹드니 눈오는아츰
> 나어린안해는 첫아들을낳었다
>
> 人家멀은山중에
> 까치는 배나무에서즞는다
> 컴컴한부엌에서는 늙은홀아버의시아부지가 미역국을끄린다
> 그**마음**의 외딸은집에서도 산국을끄린다
> > 「寂境」, 『사슴』

「寂境」은 남편 없이 혼자 아이를 낳은 여인과 컴컴한 부엌에서 며 느리를 위해 미역국을 끓이는 늙은 홀시아버지의 모습이 형상화된

---

8. 국립국어연구원 편, 『표준국어대사전』, 두산동아, 1999.

작품이다. '人家멀은山중에'라는 시구와 3연의 '그마을의 외딸은 집'이 호응을 하며 적막한 풍경 속에 홀로 떨어져 있는 집이 부각된다. 그러므로 이 시에서 '그마음의 외딸은집'은 '그마을의 외딸은집'으로 수정되어야 한다.[9]

③「統營」 – 南行詩抄

이 시는 여행자인 화자가 낯선 항구 도시인 통영에서 받은 다양한 인상을 그려내고 있다. 다음은 「統營」의 9연이다.

> 蘭이라는이는 明井골에산다든데
> 明井골은 山을넘어 **格栢나무**푸르른 甘露가튼 물이솟은 明井 샘이잇는 마을인데
> 샘터엔 오구작작 물을깃는처녀며 새악시들가운데 내가조아하는 그이가 잇슬것만갓고
> 내가조아하는 그이는 푸른가지붉게붉게 **格栢꼿** 피는철엔 타관시집을 갈것만가튼데
> 긴토시끼고 큰머리언고 오불고불 넘엣거리로가는 女人은 平安道 서오신듯한데 **格栢꼿**피는철이 그언제요
> 　　　　　「統營」 – 南行詩抄, 부분, 『조선일보』 1936.1.23.

─────────────

9. 김영배는 "이는 분명히 틀린 글자로 보임"이라고 지적하며 '그 마을의'라고 표기해야 한다고 하였다. (김영배, 「백석 시의 방언에 대하여」, 『평안방언연구』, 태학사, 1997, 529쪽.)

원본에서는 통영의 명정골을 서술하며 '柊栢나무, 柊栢꽃'을 묘사하였다. 이 한자를 음 그대도 읽으면 '종백나무, 종백꽃'이 된다. 이된다. '柊'은 박달목서, 종엽 '종', '栢'은 나무이름 '백'이므로 '종백나무, 종백꽃'을 해석하면 박달목서나무, 박달목서꽃이 된다. 박달목서는 거문도와 일본에 분포하는 나무이며 꽃은 11~12월에 피고 흰색이다.[10]

위의 시에서는 '柊栢나무, 柊栢꽃'은 나무와 가지가 푸르고 꽃이 붉게 핀다고 하였다. 이로 미루어보아 따뜻한 지방의 산이나 바닷가에 많이 자라고 1~3월에 붉은 꽃이 피는 동백나무와 동백꽃을 묘사하는 듯하다. 그렇기 때문에 '冬柏나무, 冬柏꽃'으로 표기해야 남쪽 항구 도시 통영과 어울리는 나무와 꽃이 된다.

④ 「北新」

「北新」은 '西行詩抄 2'라는 부제를 달고 있다. '서행시초'는 1939년 11월 8일부터 11일까지 조선일보에 발표된 연작 기행시이다.

> 거리에서는 모밀내가 낫다
> 부처를 위하는 정갈한 노친네의 내음새가튼 모밀내가 낫다
>
> 어쩐지 香山부처님이 가까웁다는 거린데

---

10. 『두산세계대백과사전』, 두산동아, 2002.

국수집에서는 농짝가튼 도야지를 잡어걸고 국수에치는 도야지고
기는 돗바늘 가튼 털이 드믄드믄 백엿다
나는 이 털도 안뽑은 도야지 고기를 물구럼이 바라보며
또 털도 안뽑는 고기를 시겸언 맨모밀 국수에 언저서 한입에 꿀
꺽 삼키는 사람들을 바라보며
나는 문득 가슴에 뜨끈한것을 느끼며
小獸林王을 생각한다 廣開土大王을 생각한다
　　　　「北新」 - 西行詩抄 (二) , 『조선일보』, 1939.11.9.

'북신'에는 '부처를 위하는 정갈한 노친내의 내음새' 같은 '모밀
내'가 나는 거리가 있다. 이 거리는 '향산부처님이 가까웁다'고 하
기 때문에 향산, 즉 묘향산 보현사(普賢寺) 근처를 의미한다. 영변
군 북신현면(北薪峴面)[11]에 묘향산이 있다.

백과사전에 실린 평안북도 영변군 항목은 다음과 같다.

---

11. 이는 해방 전 행정지역 명이다. 백석 생존시와 현재의 행정구역 명이 다르
　　기 때문에 본고에서는 모든 행정구역 명을 백석 생존시의 행정구역 명으로
　　적는다. 1952년 12월 22일 북한은 도(道), 군(郡)·시(市), 면(面), 리(里)의
　　4단계 행정구역 체계에서 면(面)을 제외시킨 3단계 행정구역체계로 개편하
　　여 군[시]을 행정 단위의 중심으로 하였다. 이 때 영변군은 해방 후 영변군,
　　향산군, 구장군으로 분리되었고, 1952년 이전의 '영변군'은 현재의 '향산
　　군(香山郡)'이다. 향산군은 영변군의 태평면, 북신현면(北薪峴面)의 전체
　　리와 넘송면 중 11개 리를 통합하여 만든 군이다. 현재 향산군은 1개 읍(향
　　산)과 20개 리(향암, 림홍, 관하, 태평, 신화, 하서, 상서, 조산, 구두, 운봉,
　　립석, 천수, 수양, 불무, 석창, 가좌, 룡성, 상로, 로현, 북신현)로 되어 있
　　다. 군 소재지는 향산읍이다. 『북한전서 상권』, 극동문제연구소, 1974,
　　44~49쪽.

(전략) 8 · 15광복 전에는 영변면(寧邊面) · 오리면(梧里面) · 연산
면(延山面) · 독산면(獨山面) · 소림면(少林面) · 팔원면(八院面) · 봉
산면(鳳山面) · 고성면(古城面) · 북신현면(南薪峴面) · 남송면(南松
面) · 태평면(泰平面) · 북신현면(北薪峴面) · 용산면(龍山面) · 백령
면(百嶺面) 등 14개 면으로 이루어져 있었다.[12](밑줄 연구자)

'북신현(北薪峴)'이라는 지명은 땔나무가 많은 신현(薪峴)의 북
(北)쪽에 위치해 있다는 뜻에서 비롯되었다.[13] 한자 '신(薪)'의 의미
는 땔나무이다. 따라서 이 시의 제목 한자는 '北新'이 아닌 '北薪'
으로 수정되어야 한다. 북신현면에는 평남의 순천에서부터 평북의
만포에까지 이르는 만포선[14]이 통과하며 북신현역이 설치되어 있
다. 북신현역 한자 표기는 「조선총독부 관보」 제 2583호[15]에 나와
있는데, 다음 페이지의 〈그림 1〉이 그 부분이다.

---

12. 『두산세계대백과사전』 19권, 두산동아, 2002, 128~129쪽.
13. 이에 대한 설명은 『조선향토대백과』(남북공동출간, 2003, 565쪽)에 자세히
    실려 있으며 '北薪峴'의 표기는 다음에서도 찾을 수 있다.
    배기찬, 『신북한지리지』, 다나, 1994, 106쪽.
    『두산세계대백과사전』, 「브리태니카」 백과사전 참조.
    한편 '竹瀝'을 완성시킨 인산 김일훈에 대한 정보를 담은 인터넷 사이트에
    서는 인산이 평안북도 영변군 북신현면 묘향산 기슭에서 대나무에 소금을
    다져 넣고 굽는 것을 아홉번 반복하여 죽염을 만들었다고 한다. 북신현면의
    구체적 행정구역을 "북은 북쪽 하는 북, 신은 장잭이 땔나무 거 초두 밑에
    새신자, 현은 고개현"이라고 설명하며 '北薪峴'임을 나타낸다.
14. 평북지역이던 만포는 현재 자강도로 편입되었는데, 자강도는 1949년에 신
    설된 도이다.
15. 「조선총독부 관보」, 소화 10년(1935년) 8월 31일 수요일, '告示' 부분.

〈그림 1〉

〈그림 2〉

〈그림 2〉[16]는 '서행시초'의 제목으로 사용된 지역을 표시한 것이다. '서행시초 1'의 제목인 '球場路'는 평안북도 '球場군'에 이르는

---

16. 현재(2005년 12월) 향산군, 구장군, 녕변군 지역의 행정구역이 나타난 지도이다. 지도의 출처는 인터넷 조선일보 통한문제연구소 해당 지역 지도 정보이다.

거리를 의미한다. 1연 1행의 '三里박 江쟁변엔' 이란 시구에서 보이
는 강은 청천강이며, '한二十里 가면 거리라든데' 에서는 구장의 중
심거리로 들어가는 데 20리를 가야한다는 것을 의미하여 시적 화자
가 구장으로 들어가는 길 위에 서 있음을 암시한다. '서행시초 3' 의
제목인 '八院' 은 평안북도 영변군에 위치한 면이었는데, 현재 지역
명은 '팔원노동지구' 로 바뀌었다. 이 시의 화자는 평안도 지역[17]을
여행하다가 팔원에서 마주친 한 계집아이의 이야기를 하고 있다.
팔원에서 350리나 떨어진 자성까지 가는 어린 계집아이의 참담한
슬픔을 선명하게 표현하고 있다. '서행시초 4' 의 지명인 '月林장'
은 평안북도 영변과 희천[18] 사이의 고개를 의미한다. 첫 행에서부터
'自是東北八〇粁熙川' [19]라고 하여 여기에서 동북쪽으로 80킬로미터

---

17. 박혜숙은 「八院」을 "만주로 가는 도중 쓴 여행시"로 해석하였는데 '北新' 이
   아닌 '北薪' 으로 수정되면 '서행시초' 의 시편들이 평안북도 지역을 여행하
   고 그것을 시로 형상화한 기행시임이 명확해져 이와 같은 해석은 나타나지
   않을 것이다. 박혜숙, 『백석』, 건대출판부, 1995, 79쪽.
18. 이는 해방 전의 행정구역에 따른 지명으로 현재 희천시는 자강도에 편입되
   었다. 영변군은 해방 후 영변군, 향산군, 구장군으로 나뉘어 위의 '영변군'
   은 현재의 '향산군' 이다.
19. '八〇粁' 의 뜻은 '八〇' 은 80이고 한자 '粁(천)' 은 킬로미터이기에 뜻은 80
   킬로미터이다. 이 부분을 후대 편집자들 중 한글로 옮긴 사람은 이동순과
   김재용이다. 이동순(솔, 1996)은 '80km'로 김재용(1997)은 '팔십천 '으로
   옮겼다. 백석 생존 당시 신문, 잡지, 관보 등에서도 번지수, 수량, 가격, 거
   리 등을 표기할 때 '十' 과 '0' 을 혼용하여 사용했다.(『매일신보』 1940년 5
   월 4일 자 신문의 기사 중 일부 : '合計 三,二〇')
   반면 한경희는 "○표시는 지워진 글씨를 가리킨다. 아마도 팔십 킬로미터
   는 훨씬 넘는 거리일 것으로 추정되나, 수치가 지워져 있다. '희천' 은 월림
   에서 8○킬로나 떨어진 지역으로 다음 장이 서는 곳임을 암시하는 문구다.

가면 희천이라고 현재의 위치를 알려준다. 월림고개 근처에서 장이 열려 평북 지방의 특산물들이 가득 나온 모습을 그리고 있다.

'북신'의 한자를 새로울 '신(新)'의 '北新'이 아닌 땔나무 '신 (薪)'인 '北薪'으로 수정하면 '서행시초'의 시편들이 평안북도 지 역을 여행하고 그것을 시로 형상화한 기행시임이 명확해진다. 「北 新」에는 오자가 하나 더 있다. 다음은 「北新」의 2연이다.

> 나는 이 **털도 안뽑은 도야지 고기**를 물구럼이 바라보며
> 또 **털도 안뽑는 고기**를 시껌언 맨모밀 국수에 언저서 한입에 끌
> 꺽 삼키는 사람들을 바라보며
> 　　　　「北新」 - 西行詩抄 (二) 부분, 『조선일보』 1939.11.9.

'나는 이 털도 안뽑은 도야지 고기를 물구럼이 바라보며 / 또 털 도 안뽑는 고기를 시껌언 맨모밀 국수에 언저서 한입에 끌꺽 삼키 는 사람들을 바라보며'라는 원본 시행에서 앞 행은 '털도 안뽑은 도야지 고기'로 뒤 행은 '털도 안뽑는 고기'로 표기하였다.

시의 전후 문맥을 살펴 해석해보면 시의 화자는 '털도 안뽑은

(중략) 지워진 글씨는 사람들이 많이 다니지 않는 한적한 시골장임을 암시 한다. 이정표가 세월에 지워져도 누구 하나 고쳐 써놓지 않는다.”라고 하였 다(한경희, 「한국 현대시에 나타난 시적 자아의 내면 연구」, 한국정신문화 연구원 박사학위논문, 2002, 87~88쪽.), ' 시와 사회 '에서 출판된 백석시 집 『나와 나타샤와 흰당나귀』(2003))에서는 “월림장에서 희천군 희천읍까 지는 약 80리가 되는데, 이를 키로미터로 환산하면 30km가 약간 넘는다. 팻말의 내용 중 망실된 부분 ‘O’은 고의적으로 여행객이나 인근 주민들이 없앤것이다”라고 해석하고 있어 시에 대한 잘못된 이해를 이끌고 있다.

도야지 고기를 물끄럼이 바라보'다 시선을 옮겨 털도 안뽑은 '도야지 고기를 시껌언 맨모밀 국수에' 얹어서 한 입에 '꿀꺽 삼키는 사람들'을 바라보고 있다. 같은 상황에서 동일한 고기를 묘사하고 있으므로 2행도 '털도 안뽑은 고기'로 수정하는 것이 자연스럽다.

⑤ 「北方에서」

「北方에서」는 만주를 유랑했던 시적 자아의 방황과 위기 의식을 형상화하고 있다. 다음은 「北方에서」의 2연이다.

> 나는 그때
> 자작나무와 익갈나무의 슬퍼하든것을 기억한다
> 갈대와 장풍의 붙드든 말도 잊지않었다
> 오로촌이 **멧돌**을 잡어 나를 잔치해 보내든것도
> 쏠론이 십리길을 딸어나와 울든것도 잊지않었다.
> 　　「北方에서 – 鄭玄雄에게」 부분, 『문장』 2권 6호, 1940.6 · 7합호

유종호는 "멧돌은 멧톨 즉 멧돼지의 오식"[20]이라고 지적하였는데 위의 시에서 '멧돌'은 '멧돗'이나 '멧돝'으로 수정되어야 한다. '돗'과 '돝'은 돼지의 방언이기 때문이다.[21] 시의 의미는 '내'가 떠

20. 유종호, 『다시 읽는 한국시인』, 문학동네, 2002, 241쪽.
21. 국립국어연구원 편, 『표준국어대사전』, 두산동아, 1999.

난다고 하니 오로촌이 멧돼지를 잡아 잔치했다라는 뜻이 되기 때문
이다.

⑥ 「澡塘에서」

「澡塘에서」는 시의 화자가 중국의 공중목욕탕에 가서 관찰한 장
면들을 묘사하고 있다. 중국 사람들과 공중목욕탕에 함께 섞여 한
가하면서도 게으른 한때를 보내는 시적 화자가 다양한 중국인 군상
의 마음까지 유추해보는 상상력이 돋보이는 시이다.

> 나는 支那나라사람들과 가치 묵욕을 한다
> 무슨 殷이며 商이며 越이며하는 나라사람들의 후손들과 가치
> 한물통안에 들어 묵욕을 한다
> 서로 나라가 달은 사람인데
> 다들 쪽발가벗고 가치 물에 몸을 녹히고 있는것은
> 대대로 조상도 서로 모르고 말도 제각금 틀리고 먹고입는것도 모
> 도 달은데
> 이렇게 발가들벗고 한물에 몸을 씻는것은
> 생각하면 쓸쓸한 일이다
> 이 딴나라사람들이 모두 니마들이 번번하니 넓고 눈은 컴컴하니
> 흐리고
> 그리고 길줏한 다리에 모두 민숭민숭 하니 다리털이 없는것이
> 이것이 나는 웨 작고 슬퍼지는 것일까
> 그런데 저기 나무판장에 반쯤 나가누어서
> 나주볏을 한없이 바라보며 혼자 무엇을 즐기는듯한 목이긴 사람은

陶然明은 저러한 사람이였을것이고
또 여기 더운물에 뛰어들며
무슨 물새처럼 악악 소리를 질으는 삐삐 파리한 사람은
楊子라는 사람은 아모래도 이와같었을것만 같다
나는 시방 넷날 晋이라는 나라나 衛라는 나라에 와서
내가 좋아하는 사람들을 맞나는것만 같다
이리하야 어쩐지 내마음은 갑자기 반가워지나
그러나 나는 조금 무서웁고 외로워진다
그런데 참으로 그 殷이며 商이며 越이며 衛며 晋이며하는나라사
람들의 이 후손들은
얼마나 마음이 한가하고 게으른가
더운물에 몸을 불키거나 때를 밀거나 하는것도 잊어벌이고
제 배꼽을 들여다 보거나 남의 낯을 처다 보거나 하는것인데
이러면서 그 무슨 제비의 춤이라는 燕巢湯이 맛도있는것과
또 어늬바루 새악씨가 곱기도한것 같은것을 생각하는것일것인데
나는 이렇게 한가하고 게으르고 그러면서 목숨이라든가 人生이
라든가 하는것을 정말 사랑할줄아는
그 오래고 깊은 마음들이 참으로 좋고 우럴어진다
그러나 나라가 서로 달은 사람들이
글세 어린 아이들도 아닌데 쪽발가벗고 있는것은
어쩐지 조금 우수웁기도하다
　　　　「澡塘에서」, 『인문평론』 16호, 1941.4.

　중국의 공중목욕탕에는 욕조 안에서 목욕하는 사람, 나무 단장에
누워 햇빛을 바라보는 사람, 더운 물에 뛰어드는 사람, 더운 물에
몸을 불리는 사람, 제 배꼽을 들여다보는 사람, 남의 얼굴을 쳐다보

는 사람 등등이 있다. 시적 화자는 발가벗고 있는 중국인들과 공통점도 느끼고 차이점도 느낀다. '조당'을 '북방의 지명'이라고 설명한 연구자[22]가 있는가 하면 유종호는 "조실(澡室)은 욕실이나 목욕탕을 뜻하는 말인데 여기서의 '조당'도 유관한 것인지 모르겠다"[23]라고 하였다. 조당(澡塘)의 사전적 의미는 욕조이다.[24] 반면 '당'자의 한자가 다른 조당(澡堂)은 대중 목욕탕이다. 두 단어는 중국어 발음도 [zǎo táng]으로 같다. 이 시의 공간적 배경이 중국의 공중 목욕탕이니 '조당에서'의 한자를 '조당(澡堂)에서'라고 하면 제목과 내용이 호응하여 시를 좀 더 명확하게 해석할 수 있다.

　지금까지 백석시 원본의 오류를 지적한 내용 및 그 외 간단한 오류 지적 사항은 다음과 같이 도표로 정리할 수 있다.

---

22. 김영익, 「백석 시문학 연구」, 충남대학교 박사학위논문, 1999, 206~207쪽.
　　김영익은 「澡塘에서」와 「南新義州 柳洞 朴時逢方」 "두 작품 다 북방의 지명을 제목으로 차용"하고 있으며 「澡塘에서」는 "중국의 지명"이라고 하며 두 작품 모두 "쓸쓸함과 슬픔의 정조 속에 시상을 전개시키고 있다"라고 설명한다. '澡塘'은 중국의 지명이 아니다.
23. 유종호, 「다시 읽는 한국 시인」, 문학동네, 2002, 290쪽.
24. 「중한대사전」, 고대민족문화연구소, 1995.
　　「민중엣센스중국어사전」, 민중서관, 2002.
　　'조당(澡塘)'을 20대 ~ 60대 중국인 10명에게 직접 물었더니 호수보다 작은 자연적인 저수지 또는 목욕통이라고 하였다. 반면 조당(澡堂)은 모든 중국인들이 대중 목욕탕이라고 하였다.

수정사항 시 제목	백석 시 원본	수정
오리망아지토끼	새하려가는아배의지게 에**치워**	새하려가는아배의지게에 **지워**
寂境	그 **마음**의	그 **마을**의
統營	**柊栢**나무, **柊栢**꼿	**冬柏**나무, **冬柏**꼿
彰義門外	까치가**작고**즞거니하면	까치가**자꾸**즞거니하면 *까치의 크기가 작은 것 이 아니라 여러번 반복 하여 소리를 내는 것을 의미한다.
山谷 (咸州詩抄 5)	나는 **작고** 곬안으로 깊 이 들어갔다	나는 **자꾸** 곬안으로 깊이 들어갔다 *끊임없이 계속하여 산골 속으로 들어가는 정황을 보인다.
가무래기의 樂	추운거리의 그도추운 **능 당**쪽을 걸어가며	추운거리의 그도추운 **능 달**쪽을 걸어가며 *햇빛이 들지 않는 '응 달' 의 의미하는 '능달' 의 오식으로 보인다. 백 석의 「국수」에 '능달' 이 나타난다.
北新 (西行詩抄 3)	北新	北薪
	안뽑는 고기를 시껌언	**안뽑은** 고기를 시껌언
北方에서	**멧돌**	**멧돗, 멧돌**

촌에서 온 아이	네 **적은** 손을 쥐고 흔들고 싶다	네 **작은** 손을 쥐고 흔들고 싶다 *적다는 수에 관련된 개념이고 작다는 크기에 관련된 개념이다.
澡塘에서	澡塘에서	澡堂에서
마을은 맨천 구신이 돼서	연자망구신	연자당구신 *연자당은 연자간과 같은 의미로 연자매를 차려놓고 곡식을 찧는 곳이다. '연자당구신'은 연자당에서 살고 있는 귀신을 뜻한다.

(2) 연 구분의 수정

백석의 시 중 산문시 형태로 씌여진 시는 연과 행의 구분이 모호하다. 단형에도 행과 연의 구분이 명확하지 않은 시가 있는 반면 율격이나 연과 행 구분 등 형식에 신경을 쓴 시도 있다. 여기에서 논의할 시는 「꼴두기」이다. 총 5연 13행으로 된 이 작품은 어부에게 잡힌 꼴두기에 대한 비애를 나타내고 있다. 그러나 이 시를 꼼꼼히 살펴보면 6연으로 되어야 할 시가 5연이 되었음을 알 수 있다.

신새벽 들망에
내가 좋아하는 꼴두기가 들었다
갓쓰고 사는 마음이 어진데
새끼 그믈에 걸리는건 어인일인가

갈매기 날어온다.

㉮ 입으로 먹을 뿜는건
　　멫십년 도를 닦어 퓌는 조환가
　　압뒤로 가기를 마음대로 하는건
　　孫子의 兵書도 읽은것이다
㉯ 갈매기 쭝얼댄다.

　그러나 시방 꼴두기는 배창에 너불어저 새새끼같은 울음을 우
는곁에서
　배ㅅ사람들의 언젠가 아홉이서 회를 처먹고도 남어 한깃씩 논
아가지고갔다는 크디큰 꼴두기의 이야기를 들으며 나는 슬프다

갈매기 날어난다.
「꼴두기」, 『조광』 4권 10호, 1938.10.

　이 작품을 의미에 따라 구분하면 1연과 3연의 1~4행, 4연이 같은
의미 단락으로, 2연과 3연의 5행, 5연이 같은 의미 단락으로 전개
된다. 1연은 어진 선비와 같은 꼴두기가 고기잡는 어구인 들망에 잡
힌 것을, 3연의 1~4행은 바다에서 잡혀올라온 꼴뚜기가 배 위에서

움직이는 모습을, 4연에서는 꼴뚜기가 '새새끼같은 울음을' 울며 '배창에 너불어져' 있는데 어부들이 예전에 잡은 큰 꼴뚜기에 대해 자랑스럽게 이야기하고 있는 광경을 묘사한다. 반면 2연은 배가 바다에서 그물을 걷어올리자 갈매기가 날아오는 모습을, 3연의 5행은 갈매기가 배 주변에서 울고 있는 모습을, 5연에서는 갈매기가 날아가는 모습을 그리고 있다.

즉 1연과 3연의 1~4행, 4연은 꼴뚜기의 모습을, 2연과 3연의 5행, 5연은 갈매기의 모습을 묘사하고 있다. 한 연씩 번갈아가며 꼴뚜기와 갈매기를 보여주고 있기 때문에 ㉮부분과 ㉯부분 사이는 원래 따로 떨어져서 독립된 연이었을 가능성이 짙다. 마침표가 '갈매기 날어온다.', '갈매기 쫑얼댄다.', '갈매기 날어난다.'에만 찍힌 것을 보아도 이들이 각각 하나의 연으로 설정되었음을 알 수 있다. 다섯 연으로 표기된 「꼴두기」는 여섯 연으로 수정해야 의미 파악이 용이하고 시의 구조가 안정된다.

(3) 단순 오자, 탈자의 수정

여기에서 문제로 삼는 단순 오자나 탈자는 백석 생존시 표기법을 기준으로 볼 때 잘못 표기된 경우 및 인명(人名)의 한자가 잘못 쓰여진 경우이다. 둘 다 시 이해에 큰 영향을 주지 않는 단순한 오식들이지만 다음의 표와 같이 바로잡는다. 설명이 필요한 부분은 표 안에 수정 이유를 간단히 덧붙인다. 우선 오자를, 마지막으로 탈자를 밝힌다.

수정사항 / 시 제목	백석 시 원본	수정
여우난곬族 (『사슴』)	아를承동이	아들承동이
	이렇개 밤이어둡도록	이렇게 밤이어둡도록 *다른 시구인 '이렇게화디 의사기방등에'에서는 '이렇게'로 표기 되어있다.
寂境	늙은홀아버	늙은홀아비
曠原	젊은새악시	젊은새악시
山비	뗏비들기	뗏비둘기
定州城(『사슴』)	한을빛같이훤하다	한울빛같이훤하다
湯藥	토방에서는 질하로 웋에	토방에서는질화로 웋에
昌原道	호이호이 희파람불며	호이호이 휘파람불며
統營 (南行詩抄 2)	화룬선 만져보려	화륜선 만져보려
	문둥이 품마타령	문둥이 품바타령
노루	노두새끼	노루새끼 *이 시의 제목과 이 시 안의 다른 시구에서는 '노루'라고 표기 되어있다.
膳友辭	모래알만 헤이며	모래알만 헤이며 * '헤다'는 '세다'의 방언
나와 나타샤와 힌 당나귀	언제벌서 내속에 고조곤히와	언제벌써 내속에 고조곤히와
夕陽	쪽재피상을하였다	쪽재비상을하였다
故鄕	그렇면 아무개氏-ㄹ 아느냐한즉	그러면 아무개氏-ㄹ 아느냐한즉

개	**돌이다니는** 사람은 있어	**돌아다니는** 사람은 있어
내가 생각하는 것은	**싸단기고** 싶은 밤이다	**싸다니고** 싶은 밤이다
物界里	**발뒤추**으로 찢으면	**발뒤축**으로 찢으면
	드나드는 **명수필**을	드나드는 **명주필**을
넘언집 범 같은 노큰마니	김을 매려 **단녔고**	김을 매려 **다녔고**
童尿賦	터앞에 **발마당**에	터앞에 **밭마당**에
八元 (西行詩抄 三)	**걸레**를 치고	**걸레**를 치고
木具	내손자의손자와 손자와 니와 할아버지와	내손자의손자와 손자와 **나**와 할아버지와
	애끊는 통곡과	**애끊는** 통곡과
수박씨, 호박씨	오랜 **지혜**가	오랜 **지혜**가
許俊	**따마하고**	**따사하고**
	깊은 문도	깊은 물도
	다만 한**마람**, 낯설은 **마람**에게, 마람은 모든 것을	다만 한**사람**, 낯설은 **사람**에게, **사람**은 모든 것을 * 이 시 안의 다른 시구는 '사람'이라고 표기가 되어있다. '사람'으로 수정해야 해석이 가능하다.
국수	한가한 애동들은 **여둡도록** 꿩사냥을 하고	한가한 애동들은 **어둡도록** 꿩사냥을 하고
흰 바람벽이 있어	**벌서**	**벌써**
	대구국을 **끓여놓고**	대구국을 **끓여놓고**

	말도 제각금 **틈리고**	말도 제각금 **틀리고**
	처다 보거나	**처다** 보거나
	그리나 나라가 서로 달은 사람들이	**그러나** 나라가 서로 다른 사람들이
	글세	글쎄
澡塘(조당)에서	陶然明	陶淵明 *인명의 한자가 틀렸다. 백석의 다른 시「힌 바람벽이 있어」에서는 '陶淵明'으로 한자가 올바르게 쓰였다.
두보나이백같이	어늬 먼 **윈진**	어늬 먼 **외진**
	벌 **배채** 통이 지는 때는	벌 **배채** 통이 지는 때는
	산으로 **요면**	산으로 **오면**
적막강산	**벌르** 오면	**벌로** 오면
	이 原稿는 내가以前에 가지고 잇던것이다 **許埈**	이 原稿는 내가以前에 가지고 잇던것이다 **許俊** * 이 부분은 이 시의 부기(附記)이다. 여기에서 허준의 한자 이름이 틀렸다. 이는 시「許俊」을 통해 알 수 있다.
七月 백중	**적섬에**	**적삼에**
	송구떡을 **사거**	송구떡을 **사서**
南新義州 柳洞 朴時逢方	**어는** 木手네 집	**어느** 木手네 집

| 膳友辭
(咸州詩抄 四) | 나이들은**탓이** | 나이들은**탓이다**
* '다' 자가 누락되었다. |

4. 맺음말

시인의 작품은 시집에 바로 실릴 수도 있지만 그 전에 신문이나 잡지를 통해 발표되기도 한다. 먼저 신문이나 잡지를 통해 발표한 후 시집에 재 수록할 때 시인은 작품에 손질을 가하기도 한다. 그러므로 시인의 작품을 비평할 때 신문이나 잡지에 게재된 작품을 선택하느냐, 시집의 작품을 선택하느냐에 따라 시 해석에 차이가 생길 수 있다. 개작의 과정이란 단순히 글자를 고치고 행과 연을 수정하는 현상에 국한된 것이 아니라 시인의 심리와 의지를 반영하는 과정이다. 또한 보다 효과적으로 시인의 감정을 전달하려는 행위이다.

또한 원본의 오류로 인하여 후대의 판본 사이에, 또 후대의 여러 판본들 사이에 시어 표기가 달라지고 어느 판본을 선택했느냐에 따라 시 해석의 차이가 발생할 수 있다. 시인이 원래 의도한 것과는 다른 그릇된 해석이나 잘못된 이해를 낳지 않도록 원본에 대한 철저한 고증이 필요하다. 시의 경우 어구 차이에서 발생한 해석상의 다른 견해가 전반적인 시의 주제에 대한 논쟁으로 발전하기도 하는데, 이러한 연구는 시 작품을 둘러싼 해석상의 오류나 난점을 극복하는 데 도움을 줄 것이다. 또한 오류가 많은 작품은 그 자체의 품

격을 떨어뜨릴 뿐 아니라, 독자나 비평가에게 적지 않은 누를 끼치게 되므로, 실수를 바로잡는 일은 시인과 작품의 올바른 이해를 위해 중요하다.

한 시인의 결정판 시집을 만들기 위해서는 시 해석이나 표기법 등 논의할 사항이 많아 지속적인 연구가 필요하다. 또한 다양한 항목을 고려해야 한다. 원본에 충실할 것인지 현대 표기에 맞도록 개정할 것인지의 문제, 외국어가 사용된 경우 이를 그대로 둘 것인지 번역할 것인지, 원본의 한자를 어떻게 처리할 것인지의 문제는 지속적인 논의를 통해 합의되어야 한다. 결정판 시 전집의 출간은 인문학의 특성을 고려한 국가적 지원 안목이 필요한 사업이라고 할 수 있다. 외국의 경우 30년에서 백년에 걸쳐 결정본 확정이 진행되는 경우도 흔히 볼 수 있다. 한국 시사에서 중요한 위치를 차지하고 있는 백석의 결정판 시 전집을 위한 다양한 연구가 진행되어야 할 것이다.

개정판 원본 백석 시집

| 초 판 발 행 | 2007년 1월 25일 |
| 개정판 1쇄 발행 | 2017년 5월 20일 |

주 해	이숭원
펴 낸 이	박현숙
펴 낸 곳	도서출판 깊은샘
등 록	1980년 2월 6일 제2-69
주 소	서울특별시 용산구 원효로80길 5-15 2층
전 화	02-764-3018~9
팩 스	02-764-3011
이 메 일	kpsm80@hanmail.net

| 인 쇄 | 임창피앤디 |

| I S B N | 978-89-7416-245-0 03810 |

이 도서의 국립중앙도서관 출판예정도서목록(CIP)은 서지정보유통지원시스템 홈페이지
(http://seoji.nl.go.kr)와 국가자료공동목록시스템(http://www.nl.go.kr/kolisnet)에서 이용
하실 수 있습니다.(CIP제어번호: CIP2016019054)